U0739456

阅读书架【双色版】

最美的散文·世界卷

[美]惠特曼 等◎著

冯慧娟◎编

辽宁美术出版社

图书在版编目（CIP）数据

最美的散文.世界卷/（美）惠特曼等著;冯慧娟编.—沈阳:辽宁美术出版社,2017.12（2019.6重印）

（全民阅读书架）

ISBN 978-7-5314-7866-9

Ⅰ.①最… Ⅱ.①惠… ②冯… Ⅲ.①散文集—世界 Ⅳ.①I16

中国版本图书馆CIP数据核字(2017)第310817号

出　版　社：辽宁美术出版社
地　　　址：沈阳市和平区民族北街29号　邮编：110001
发　行　者：辽宁美术出版社
印　刷　者：北京一鑫印务有限责任公司
开　　　本：787mm×1092mm　1/32
印　　　张：5
字　　　数：100千字
出版时间：2017年12月第1版
印刷时间：2019年6月第5次印刷
责任编辑：田德宏
装帧设计：新华智品
责任校对：郝　刚
ISBN 978-7-5314-7866-9

定　　　价：29.80元

邮购部电话：024-83833008
E-mail：lnmscbs@163.com
http://www.lnmscbs.cn
图书如有印装质量问题请与出版部联系调换
出版部电话：024-23835227

前言

FOREWORD

　　散文是所有文学体裁中最自由活泼的一种，因此成为读者的最爱。外国散文，佳作浩如烟海。多多鉴赏，可以让我们的视野更开阔，汲取更多的精神营养。

　　在参阅了大量国外散文专集、合集的基础上，笔者精心编纂了本书。全书所选篇目均为名家个人风格的典型代表作，始之于"文学感性"，出之于"知识体悟"：或如浪漫主义文豪雨果的气势磅礴、铿锵有力；或如乔治·桑的淡泊隽永、意境悠远；或如培根的简洁凝练、慧语连篇；或如罗曼·罗兰探索人生意义、诘问心灵；或如屠格涅夫长于写景、物外设境……

　　散文如一杯清茶，淡雅清悠令人回味无穷。打开书卷，开始你的阅读之旅吧！

目录

目录

CONTENTS

足履天涯

冬日漫步（节选）

（美）梭罗

　　我们也睡着了，一觉醒来，正是冬天的早晨。万籁无声，雪厚厚地堆着，窗槛上像是铺了温暖的棉花；窗格子显得加宽了，玻璃上结了冰纹，光线暗淡而恬静，更加强了屋内舒适愉快的感觉。早晨的安静，似乎静在骨子里。我们走到窗口，挑了一处没有冰霜封住的地方，眺望田野的景色，可是我们单是走这几步路，脚下的地板已经在"吱吱"地响了。窗外一幢幢的房子都是白雪盖顶；屋檐下、篱笆上都累累地挂满了雪条；院子里像石笋似的站了很多雪柱，雪里藏的是什么东西，我们却看不出来。大树小树四面八方地伸出白色的手臂，指向天空；本来是墙壁篱笆的地方，形状更是奇怪——在昏暗的大地上，它们向左右延伸，如跳如跃，似乎大自然一夜之间把田野风景重新设计过了，好让人间的画师来临摹。

　　我们悄悄地拔去了门闩，雪花飘飘，立刻落到屋子里来；走出屋外，寒风迎面扑来，利如刀割。星光已经不那么闪烁光亮，地平线上笼罩着一层昏昏的铅状的薄雾。东方露出一种奇幻的古铜色的光彩，表示天快要亮了，可是四面的景物还是模模糊糊，一片幽暗，鬼影幢幢，疑非人间。耳边的声音，也带一种鬼气——鸡啼狗吠，木柴的劈砍声，牛群的低鸣声——这一切都好像是阴阳河彼岸冥王的农场里所发出的声音。声音本身并没有特别凄凉之处，只是天色未明，这种种活动显得太庄严了、太神秘了，不像是人间所有。院子里雪地上，狐狸和水獭所留下的脚迹犹新，这使我们想起：即使在冬夜最静寂的时候，自然界生物无时无刻不在活动，它们还在雪上留下痕迹。把院门打开，脚步轻快，我们走上寂寞的乡村公路。雪干而脆，脚踏上去发出破碎的声音。早起的农夫驾了雪橇，到远处的市场去赶早市。这辆雪橇一夏天都在农夫的门口闲放着，与木屑稻梗为伍，现在可有了用武之地，它的尖锐、清晰而刺耳的声音，对于早起赶路之人，也有提神醒脑的作用。农舍窗上虽然积雪很多，但是屋里的农夫已经把蜡烛点起，烛光孤寂地照射出来，像一颗暗淡的星。树际和雪堆之间，炊烟也是一处一处地从烟囱里往上飞升。

大地冰冻，远处鸡啼狗吠；从各处农舍门口，也不时地传来劈啪劈柴的声音。空气稀薄干寒，只有比较美妙的声音才能传入我们的耳朵，这种声音听起来都有一种简短的可是悦耳的颤动；凡是至清至轻的流体，波动总是稍发即止，因为里面粗粒

硬块早就沉到底下去了。声音从地平线的远处传来，都清越明亮，犹如钟声；冬天的空气清明，不像夏天那样的多杂质阻碍，因此声音听来也不像夏天那样毛糙模糊。脚下的土地铿锵有声，如叩坚硬的古木；一切乡村间平凡的声音，此刻听来都美妙悦耳；树上的冰条互相撞击，其声玎珰，如流水，似妙乐。大气里面一点水分都没有，水蒸气不是液化成小水珠，就是凝结成冰霜的了。空气十分稀薄而似有弹性，人呼吸其中，自觉心旷神怡。天似乎是绷紧了的，往后收缩，人从下向上望，很像身处大教堂中，顶上是一块连一块弧状的屋顶。空气中闪光点点，好像有冰晶浮游其间。据在格陵兰住过的人说，那边结冰的时候，"海就冒烟，像大火燎原一般；而且有一种雾气上升，名叫烟雾；这种烟雾有害健康，伤人皮肤，能使人手脸等处生疮肿胀"。我们这里的寒气，虽然其冷入骨，然而质地清纯，可提神，可清肺。我们不能把它认为是冻结的雾，只能看做是仲夏的雾气的结晶，经过寒冬的洗涤，越发变得清纯了。

太阳最后总算从远处的林间上升，阳光照处，空中的冰霜都融化了，隐隐之中似乎有铙钹伴奏，铙钹每响一次，阳光的威力就逐渐增加。时间很快从黎明变成早晨，早晨也愈来愈老，很快地把西面远处的山头，镀上一层金色。我们匆匆地踏着粉状的干雪前进，因为感情更为激动，内心发出一种热力，天气也好像变得像十月小阳春似的温暖。假如我们能改造生活，和大自然更能配合一致，也许就无需畏惧寒暑之侵，将同草木走兽一样，认大自然是我们的保姆和良友，她是永远照顾着我们的。

大自然在这个季节，显得特别纯洁，这是使我们觉得最为高兴的。残干枯木，苔痕斑斑的石头和栏杆、秋天的落叶，现在被大雪掩没，像上面盖了一块干净的手巾。寒风一吹，无孔不入，一切乌烟瘴气都一扫而空，凡是不能坚贞自守的，都无法抵御。凡是在寒冷荒僻的地方（例如在高山之顶），我们所能看得见的东西，都是值得我们尊敬的，因为它们有一种坚强的淳朴的性格——一种清教徒式的坚韧。别的东西都寻求隐蔽保护去了，凡是能卓然独立于寒风之中者，一定是天地灵气之所钟，是自然界骨气的表现，它们具有和天神一般的勇敢。空气经过洗涤，呼吸进去特别有劲。空气的清明纯洁，甚至用眼睛都能看得出来。我们宁可整天处在户外，不到天黑不回家。我们希望朔风吹过光秃秃的大树一般，吹彻我们的身体，使得我们更能适应寒冬的气候。我们希望能从大自然借来一点纯洁坚定的力量，这种力量对于我们是一年四季都有用的。

冬季的邮车 冬天是最美的季节。在未进入工业社会以前，银装素裹的世界里，点缀着具有中世纪风情的人和物，可能更能使人融入自然之中。

海边幻想

（美）惠特曼

我小时候就有过幻想，有过希望，想写点什么，也许是一首诗吧，写海岸那使人产生联想和起划分作用的一条线，那接合点，那汇合处，固态与液态紧紧相连之处那奇妙而潜伏的某种东西（每一客观形态最后无疑都要适合主观精神的）。虽然浩瀚，却比第一眼看它时更加意味深长，将真实与理想合而为一：真实里有理想，理想里有真实。我年轻时和刚成年时在长岛，常常去罗卡威的海边和康尼岛的海边，或是往东远至汉普顿和蒙托克，一去就是几个钟头或几天。有一次，我去了汉普顿和蒙托克（在一座灯塔旁边，就目所能及，一眼望去，四周一无所有，只

有大海的动荡）。我记得很清楚，有朝一日一定要写一本描绘这关于液态的、奥妙的主题的书。结果呢？我记得不是什么特别的抒情诗、史诗、文学方面的愿望，而竟是这海岸成了我写作的一种看不见的影响，一种作用广泛的尺度和符契。（我在这里向年轻的作家们提供一点线索。我也说不准，不过，除了海和岸之外，我也不知不觉地按这样的标准对待其他的自然力量——避免追求用诗去写它们：太伟大，不宜按一定的格式去处理——如果我能间接地表现我同它们相遇而且相融了，即便只有一次也已足够，我就非常心满意足了——我和它们是真正地互相吸收了，互相了解了。）

多年来，一种梦想，也可以说是一种图景时时（有时是间或，不过到时候总会再来）悄悄地出现在我眼前。尽管这是想象，但我确实相信这梦想已大部分进入了我的实际生活——当然也进入了我的作品，使我的作品成形，给了我的作品以色彩。那不是别的，正是这一片无垠的白黄白黄的沙地；它坚硬，平坦，宽阔；气势雄伟的大海永远不停地向它滚滚打来，缓缓冲激，哗啦作响，溅起泡沫，像低音鼓吟声阵阵。这情景，这画面，多年来一直在我眼前浮现。我有时在夜晚醒来，也能清楚地听见它，看见它。

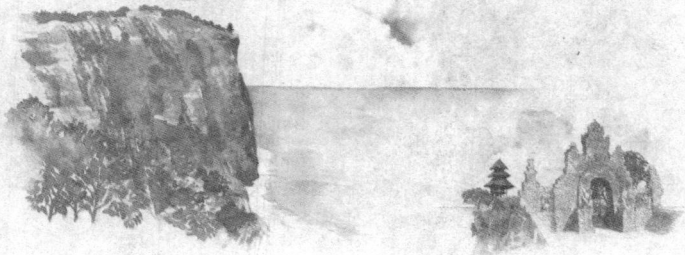

黎　明

（法）兰波

我拥抱了这夏日的黎明。

宫殿前依然没有动静，寂然无声。池水安静地躺着。荫翳还留在林边的大道。我前行，惊醒那温馨而生动的气息，宝石般的花朵睁眼凝望，黑夜的轻翼悄然翔起。

幽径清新而朦胧。第一次相遇：一朵鲜花向我道出了芳名。

我笑向那金黄色高悬的瀑布，她散发飘逸，飞越了松林：在那银白色的峰巅，我认出了她——女神。

于是，我撩开她一层又一层的面纱。林中的小径上，我舒展着臂膀。平原上，我把她告示给雄鸡。都市里，她逃匿在钟楼和穹隆之间。像乞丐奔波在大理石的站台，我奔跑着，把她一路追寻。

　　大路上空，桂树林旁，我用她聚集的绡纱把她轻轻地围裹，我感觉到了她那无比丰满的玉体。黎明和孩子一起倒身在幽林之下。

　　醒来，已是正午。

冬天之美

（法）乔治·桑

　　我从来热爱乡村的冬天。我无法理解富翁们的情趣，他们在一年当中最不适于举行舞会、讲究穿着和奢侈挥霍的季节，将巴黎当做狂欢的场所。大自然在冬天邀请我们到火炉边去享受天伦之乐，而且正是在乡村才能领略这个季节罕见的明朗的阳光。在我国的大都市里，臭气熏天和冻结的烂泥几乎永无干燥之日，看见就令人恶心。在乡下，一片阳光或者刮几小时风就使空气变得清新，使地面变得干爽。可怜的城市工人对此十分了解，他们滞留在这个垃圾场里，实在是由于无可奈何。我们的富翁们所过的人为的、悖谬的生活，违背大自然的安排，结果毫无生气。英国人比较明智，他们到乡下别墅里去过冬。

　　在巴黎，人们想象大自然有六个月毫无生机，可是

小麦从秋天就开始发芽，而冬天惨淡的阳光——大家惯于这样描写它——是一年之中最灿烂、最辉煌的。当太阳拨开云雾，当它在严冬傍晚披上闪烁发光的紫红色长袍坠落时，人们几乎无法忍受它那令人炫目的光芒。即使在我们严寒却偏偏不恰当地称为温带的国家里，自然界万物永远不会除掉盛装和失去盎然的生机，广阔的麦田铺上了鲜艳的地毯，而天际低矮的太阳在上面投下了绿宝石的光辉。地面披上了美丽的苔藓。华丽的常春藤涂上了大理石般的鲜红色和金色的斑纹。报春花、紫罗兰和孟加拉玫瑰躲在雪层下面微笑。由于地势的起伏，由于偶然的机缘，还有其他几种花儿躲过严寒幸存下来，而随时使你感到意想不到的欢愉。虽然百灵鸟不见踪影，但有多少喧闹而美丽的鸟儿路过这儿，在河边栖息和休憩！当地面的白雪像璀璨的钻石在阳光下闪闪发光，或者当挂在树梢的冰凌组成神奇的连拱和无法描绘的水晶的花彩时，有什么东西比白雪更加美丽呢？在乡村的漫漫长夜里，大家亲切地聚集一堂，时间似乎也听从我们使唤。由于人们能够沉静下来思索，精神生活变得异常丰富。这样的夜晚，同家人围炉而坐，难道不是极大的乐事吗？

雪 夜

（法）莫泊桑

黄昏时分，纷纷扬扬地下了一天的雪，终于渐下渐止。沉沉夜幕下的大千世界仿佛凝固了，一切生命都悄悄进入了梦乡。或近或远的山谷、平川、树林、村落……在雪光映照下，银装素裹，分外妖娆。这雪后初霁的夜晚万籁俱寂，了无生气。

蓦地，从远处传来一阵凄厉的叫声，冲破这寒夜的寂静。那叫声如泣如诉，若怒若怨，听起来令人毛骨悚然！哦，是那条被主人放逐的老狗，在前村的篱畔哀鸣，是哀叹自己的身世，还是在倾诉人类的寡情？

漫无涯际的旷野平畴，在白雪的覆压下蜷缩起身子，

好像连挣扎一下都不情愿的样子。那遍地的萋萋芳草，匆匆来去的游蜂浪蝶，如今都藏匿得无迹可寻；只有那几棵百年老树，依旧伸展着槎牙的秃枝，像是鬼影幢幢，又像那白骨森森，给雪后的夜色平添了几分悲凉、凄清。

茫茫太空，默然无语地注视着下界，越发显出它的莫测高深。云层背后，月亮露出灰白色的脸庞，把冷冷的光洒向人间，使人更感到寒气袭人；和她做伴的，唯有寥寥的几点寒星，致使她也不免感叹这寒夜的落寞和凄冷。看，她的眼神是那样忧伤，她的步履又是那样迟缓！

渐渐地，月儿终于到达她行程的终点，悄然隐没在旷野的边沿，剩下的只是一片青灰色的回光在天际荡漾。少顷，又见那神秘的鱼白色开始从东方蔓延，像撒开一幅轻柔的纱幕笼罩住整个大地。寒意更浓了。枝头的积雪都已在不知不觉间凝成了水晶般的冰凌。

啊，美景如画的夜晚，却是小鸟们恐怖战栗、备受煎熬的时光！它们的羽毛沾湿了，小脚冻僵了；刺骨的寒风在林间往来驰突，肆虐逞威，把它们可怜的窝巢刮得左摇右晃；困倦的双眼刚合上，一阵阵寒冷又把它们惊醒……只得瑟瑟索索地颤着身子，打着寒噤，忧郁地注视着漫天皆白的原野，期待那漫漫未央的长夜快点结束，换来一个充满希望之光的黎明！

生活在大自然的怀抱里

（法）卢梭

　　为了到花园里看日出，我比太阳起得更早；如果这是一个晴天，我最殷切的期望是不要有信件或来访扰乱这一天的清宁。我用上午的时间做各种杂事。每件事都是我乐意完成的，因为这都不是非立即处理不可的急事，然后我匆忙用膳，为的是躲避那些不受欢迎的来访者，并且使自己有一个充裕的下午。即使最炎热的日子，在中午一时前我就顶着烈日带着芳夏特出发了。由于担心不速之客会使我不能脱身，我加紧了步伐。可是，一旦绕过一个拐角，我觉得自己得救了，就激动而愉快地松了口气，自言自语说："今天下午我是自己的主宰了！"从此，我迈着平静的步伐，到树林中去寻觅一个荒野的角落，一个人迹不至因而没有任何奴役和统治印记的荒野的角落，一个我相信在我之前从未有人到过的幽静的角落，那儿不会有令人厌恶的第三者跑来横隔在大自然和我之间。那儿，大自然在我眼前展开一幅永远清新的华丽的图景。金色的燃料木、紫红的欧石南非常繁茂，给我深刻的印象，使我欣悦；我头上树木的宏伟、我四周灌木的纤丽、我脚下花草的惊人的纷繁使我目不暇接，不知道应该观赏还是赞叹；这么多美好的东西争相吸引我的注意力，使我眼花缭乱，使我在每件东西面前流连，从而助长我懒惰和爱空想的习气，使我常常想：不，全身辉煌的所罗门也无法同它们当中任何一个相比。

　　我的想象不会让如此美好的土地长久渺无人烟。我按自己的意愿在那儿立即安排了居民，我把舆论、偏见和所有虚假的感情远远驱走，使那些配享受如此佳境的人迁进这大自然的乐园。我将把他们组成一个亲切的社会，而我相信自己并非其中不相称的成员。我按照自己的喜好建造一个黄金的世纪，并用那些我经历过的，给我留下甜美记忆的情景和我的心灵还在憧憬的情境充实这美好的生活，我多么神往人类真正的快乐，如此甜美、如此纯洁，但如今已经远离人类的快乐。甚至每当念及此，我的眼泪就夺眶而出！啊！这个时刻，如果有关巴黎、我的世纪、我这

个作家的卑微的虚荣心的念头来扰乱我的遐想，我就怀着无比的轻蔑心情立即将它们赶走，使我能够专心陶醉于这些充溢我心灵的美妙的感情。然而，在遐想中，我承认我幻想的虚无有时会突然使我的心灵感到痛苦。甚至即使我所有的梦想变成现实，我也不会感到满足：我还会有新的梦想、新的期望、新的憧憬。我觉得我身上有一种没有什么东西能够填满的无法解释的空虚，有一种虽然我无法阐明，但我感到需要对某种其他快乐的向往。然而，先生，这种向往甚至也是一种快乐，我从而充满一种强烈的感情和一种迷人的感伤——这都是我不愿意舍弃的东西。

　　我立即将思想从低处升高，转向自然界所有的生命，转向事物普遍的体系，转向主宰一切的不可思议的上帝。此刻我的心灵迷失在大千世界里，我停止思考，我停止冥想，我停止哲学的推理；我怀着快感，感到肩负着宇宙的重压，我陶醉于这些伟大观念的混杂，我喜欢任由我的想象在空间驰骋；我禁锢在生命的疆界内的心灵感到这儿过分狭窄，我在天地间感到窒息，我希望投身到一个无限的世界中去。我相信，如果我能够洞悉大自然所有的奥秘，我也许不会体会这种令人惊异的心醉神迷，而处在一种没有那么甜美的状态里；我的心灵所沉湎的这种出神入化的佳境使我在亢奋激动中有时高声呼唤："啊，伟大的上帝呀！啊，伟大的上帝呀！"但除此之外，我不能讲出也不能思考任何别的东西。遗忘，但他们肯定不会把我忘却；不过，这又有什么关系？反正他们没有任何办法来搅乱我的安宁。摆脱了纷繁的社会生活所形成的种种尘世的情欲，我的灵魂就经常神游于这一氛围之上，提前跟天使们亲切交谈，并希望不久就将进入这一行列。我知道，人们将竭力避免把这样一处甘美的退隐之所交还给我，他们早就不愿让我待在那里。但是他们却阻止不了我每天挥动着想象之翼飞到那里，一连几个小时重新品尝我住在那里时的喜悦。我还可以做一件更美妙的事，那就是我可以尽情想象。假如我设想我现在就在岛上，我不是同样可以遐想吗？我甚至还可以更进一步，在抽象的、单调的遐想的魅力之外，再添上一些可爱的形象，使得这一遐想更为生动活泼。在我心醉神迷时，这些形象所代表的究竟是什么，连我的感官也时常是不甚清楚的；现在遐想越来越深入，它们也就被勾画得越来越清晰了。跟我当年真在那里时相比，我现在时常是更融洽地生活在这些形象之中，心情也更加舒畅。不幸的是，随着想象力的衰退，这些形象也就越来越难以映上脑际，而且也不能长时间地停留。唉！正在一个人开始摆脱他的躯壳时，他的视线却被他的躯壳阻挡得最厉害！

尼亚加拉大瀑布

（英）狄更斯

那一天寒冷潮湿，着实苦人，树木在这个北国里还都枝丫赤裸，完全冬意。不论多会儿，只要车一停下来，我就侧耳静听，看是否能听到瀑布的吼声，同时还不断地往我认为一定是瀑布所在的方向看。我之所以知道瀑布就在那一方向，是因为我看见河水滚滚朝着那儿流去，每一分钟都盼望会有飞溅的浪花出现。恰恰在我们停车以前几分钟内，我看见了两片嵯峨的白云，从地心深处巍巍而出，冉冉而起。当时所见，仅止于此。后来我们到底下了车了，于是我才头一回听到洪流的砰訇，同时觉得大地都在脚下颤动。

崖岸陡峭，又因为有刚刚下过的雨和化了一半的冰，地上滑溜溜的，所以我自己也不知道是怎么下去的。不过我却一会儿就站在山根那儿，同两个英国军官（他们也正走过那儿，现在和我到了一块）攀登到一片嶙峋的乱石上了。那时磅礴大作，震耳欲聋，我全身濡湿，衣履俱透。原来我们正站在美国瀑布的下面。我只能看见巨流滔天，劈空而下，但是对于这片巨流的形状和地位，却毫无概念，只感到泉飞水立，浩瀚汪洋而已。

我们坐在小渡船上，从紧挨着这两个大瀑布前面那条汹涌奔腾的河里划过的时候，我才开始感到是怎么回事。不过我却有些目眩心摇，因而领会不到这幅光景到底有多博大。一直到我来到平顶岩上看去的时候——哎呀天哪，那样一片飞立倒悬的晶莹碧波——它的威风凛凛、浩瀚峻伟，才整个呈现在我眼前。

于是，我感到我站的地方和造物者多么近了。那时候，那幅宏伟的景象，一时之间所给我的印象是一片和平之感：是心的宁静，是灵的恬适，是对于死者淡泊安详的回忆，是对于永久的安息和永久的幸福恢宏的展望，不掺杂一丁点暗淡之情，不掺杂一丁点恐怖之心。尼亚加拉一下就在我心里留下深刻的印象——留下了一副美丽的形象。这副形象，一直留在我的心头，永远不改变，永远不磨灭，一直到我的心脏停止跳动的时候。

我们在那个神工鬼斧、天魔帝力所创造出来的地方待了十天。在那永久令人不忘的十天里，日常生活中的龃龉和烦恼，如何离我而去，越去越远啊！巨流的砯訇对于我如何振聋发聩啊！绝迹于尘世之上而又出现于晶莹垂波之中，是何等的面目啊！在变幻无常、横亘半空的灿烂虹霓四围上下，天使的泪如何玉圆珠明，异彩缤纷，纷飞乱洒，纵翻横出啊！在这种眼泪里，天心帝意，又如何透露而出啊！

我一起始，就跑到了加拿大那一边儿，在那十天里就一直在那儿没动。我从来没再过过河，因为我知道河那边也有人。而在这种地方，当然不能和不相干的闲杂人掺和。整天往来徘徊，从一切角度来看这个垂瀑：站在马蹄铁大瀑布的边缘上，看着奔腾的水，在快到崖头的时候，力充劲足，然而却又好像在驰下崖头、投入深渊之前，先停顿一下似的；从河面上往上看巨涛下涌；攀上邻岭，从树梢间瞭望，看激湍盘旋而前，翻下万丈悬崖；站在下游三英里的巨石森岩下面，看着河水波涌涡漩，砰訇应答，表面上看不出来它因为什么才会这样，实际上，在河水深处却受到巨瀑奔腾的骚扰；在尼亚加拉前，看它受日光的蒸腾，受月华的逗逗，夕阳西下中一片红，暮色苍茫中一片灰；白天整天眼里看它，夜里醒来耳里听它；这样的福就够我享的了。

　　我现在在每到平静之时都要想：那片浩瀚汹涌的水，仍旧整日横冲直滚，飞悬倒洒，砰訇澎渤，雷鸣山崩；那些虹霓仍旧在它下面一百英尺的空中弯亘横跨。太阳照在它上面的时候，它仍旧像玉液金波，晶莹明澈。天色暗淡的时候，它仍旧像玉霰琼雪，纷纷飞洒；像轻屑细末，从白垩质的悬崖峭壁上阵阵剥落；像如絮如棉的浓烟，从山腹幽岫里蒸腾喷涌。但是这个滔天的巨流，在它要往下流去的时候，永远像要先死去一番似的，从它那深不可测、以水为国的坟里，永远有浪花的鬼魂和迷雾的鬼魂，其大，无物可与伦比；其强永远不受降伏。在宇宙

还是一片混沌的时候，在匝地的巨浸——水——以前，另一个漫天的巨流——光——还没经上帝吩咐而一下弥漫宇宙的时候，就在这儿森然庄严地呈异显灵。

密西西比河风光

（法）夏多布里昂

密西西比河两岸风光旖旎。西岸，草原一望无际，绿色的波浪逶迤而去，在天际同蓝天连成一片。三四千头野牛在广阔无垠的草原上漫游。有时，一头年迈的野牛劈开波涛，游到河心小岛上，卧在高深的草丛里。看它头上的两弯新月，看它沾满淤泥的飘拂的长髯，你可能把它当成河神。它踌躇满志，望着那壮阔的河流和繁茂而荒野的两岸。

以上是西岸的情景。东岸的风光不同，同西岸形成令人赞叹的对比。河边、山巅、岩石上、幽谷里，各种颜色、各种芳香的树木杂处一堂，茁壮生长；它们高耸入云，为目力所不及。野葡萄、喇叭花、苦苹果在树下交错，在树枝上攀缘，一直爬到顶梢。它们从槭树延伸到鹅掌楸，从鹅掌楸延伸到蜀葵，形成无数洞穴、无数拱顶、无数柱廊，那些在树间攀缘的藤蔓常常迷失方向，它们越过小溪，在水面搭起花桥。木兰树在丛莽之中挺拔而起，耸立着它静止不动的锥形圆顶；树顶开放的硕大的白花，俯瞰着整个丛林；除了在它身边摇着绿扇的棕榈，没有任何树木可以同它媲美。

被创世主安排在这个偏远的丛莽中的无数动物给这个

世界带来魅力和生气。在小径尽头，有几只因为吃饱了葡萄而醉态酩酊的熊，它们在小榆树的枝丫上蹒跚；鹿群在湖中沐浴；黑松鼠在茂密的树林中嬉戏；麻雀般大小的弗吉尼亚鸽从树上飞下来在长满红草莓的草地上踯躅；黄嘴的绿鹦鹉、映照成红色的绿啄木鸟和火焰般的红雀在柏树顶上飞来飞去；蜂鸟在佛罗里达茉莉上熠熠发光，而捕鸟为食的毒蛇倒挂在树枝交织而成的穹顶上，像藤蔓一样摇来摆去，同时发出阵阵嘶鸣。

　　如果说河对岸的草原上万籁无声，河这边却是一片骚动和聒噪：鸟喙击橡树干的笃笃声，野兽穿越丛林的沙沙声，动物吞啮食物或咬碎果核的咂咂声；潺潺的流水、啁啾的小鸟、低哞的野牛和咕咕叫的斑鸠，使这荒野的世界充满一种亲切而粗犷的和谐。可是，如果一阵微风吹进这深邃的丛林，摇晃这些飘浮的物体，使白色、蓝色、绿色、玫瑰色的生物混杂交错，使所有的色调融合，使所有的声音汇成合唱，那是多么奇伟的声音，多么壮观的景象！可是，对于没有亲临其境的人，这一切我是无从描绘的。

塞纳河岸的早晨

（法）法朗士

在给景物披上无限温情的淡灰色的清晨，我喜欢从窗口眺望塞纳河和它的两岸。

我见过那不勒斯海湾的明净的蓝天，但我们巴黎的天空更加活跃，更加亲切，更加含蓄。它像人们的眼睛，懂得微笑、愤慨、悲伤和欢乐。此刻的阳光照耀着城内为生计忙碌的居民和牲畜。

对岸，圣尼古拉港的强者忙着从船上卸下牛角，而站在跳板上的搬运工轻快地传递着糖块，把货物装进船舱里。北岸，梧桐树下排列着出租马车和马匹，马把头埋在饲料袋里，平静地咀嚼着燕麦；而车夫们站在酒店的柜台前喝酒，一面用眼角窥伺着可能出现的早起的顾客。

旧书商把他们的书箱安放在岸边的护墙上。这些善良的精神商人长年累月生活在露天里，任风儿吹拂他们的长衫。经过风雨、霜雪、烟雾和烈日的磨炼，他们变得好像大教堂的古老雕像。他们都是我的朋友。每当我从他们的书前走过，都能发现一两本我需要的书，一两本我在别处找不到的书。

一阵风刮起了街心的尘土、有叶翼的梧桐籽和从马嘴里漏下的干草末。别人对这飞扬的尘土可能毫无感触，可是它使我忆起了在童年时代凝视过的同样的情景，使我这个老巴黎人的灵魂为之激动。我面前是何等宏伟的图景：状如顶针的凯旋门、光荣的塞纳河和河上的桥梁、蒂伊勒里宫的椴树、雕镂着珍品的文艺复兴时代的卢浮宫、最远处的夏约岗；右边新桥方向是令人肃然起敬的古老的巴黎，它的塔楼和高耸的尖屋顶。这一切就是我的生命，就是我自己。要是没有这些以我的思想的无数细微变化反映在我身上、激励我、赐我活力的东西，我也就不存在了。因此，我以无限的深情热爱巴黎。

　　然而，我厌倦了。我觉得生活在一座思想如此活跃、并且教会我思想和敦促我不断思想的城市里，人们是无法休息的。在这些不断撩拨我的好奇心、使它疲惫但又永远不能满足的书堆里，怎么能够不亢奋、激动呢？

果园里

米兰达睡在果园里，躺在苹果树底下一张长椅上。她的书已经掉在草里，她的手指似乎还指着那句："Ce pays estvraimentun des coins du le des filles eclate le mieux..."仿佛她就在那儿睡着了。她手指上的猫眼石发绿，发玫瑰红，又发橘黄，当阳光滤过苹果树照到它们的时候。于是，微风一吹，她的紫衣起涟漪，像一朵花依附在茎上；草点头；一只白蝴蝶就在她的脸上扑来扑去。

她头上四呎高的空中挂着苹果。突然发出一阵清越的喧响，仿佛是一些破铜锣打得又猛，又乱，又野蛮。这不过是正在合诵乘数表的学童，被教师喝住了，斥骂了一顿，又开始合诵乘数表了。可是这个喧响经过米兰达头上四呎高的地方，穿过苹果树枝间，撞到牧牛人的小孩子。他正在摘篱笆上的黑莓，在他该上学的时候，使他拇指在棘刺上刺破了。

接着，有一声孤寂的号叫——悲哀，有人性，野蛮。老巴斯蕾，真的是你醉了。

于是苹果树顶上的叶子，平得像小鱼抵住了蓝天，离地三十呎，发一声凄凉愁惨的音调。

最美的散文（世界卷）

〇二六

这是教堂里的风琴奏"古今赞美歌"的一曲。声音飘出来，被一群在什么地方飞得极快的鹁鸟切碎了。米兰达睡在三十呎之下。

　　于是在苹果树和梨树顶上，离睡在果园里的米兰达三十呎高的地方，钟声得得，间歇的，迟钝的，教训的，因为教区里六个穷女人产后上教堂感恩，教区长谢天。

　　再上去一点，教堂塔顶上的"金羽"尖声一叫，从南转东了。风向转了。它"嗡嗡"地响在旁的一切之上，下临树林、草场、丘陵，离睡在果园里的米兰达多少哩。它刮向前去，无目，无脑，遇不着任何能阻挡它的东西，直到转动了一下，它又转向南了。多少哩之下，在一个像针眼一般大的地方，米兰达直站起来，大声地嚷："噢，我喝茶去怕太晚了！"

当玫瑰花开的时候

（智利）佩德罗·普拉多

老园丁培育出许多优良品种的玫瑰花。他像蜜蜂似的把花粉从这朵花送到那朵花，在各个不同种类的玫瑰花中进行人工授粉。就这样，他培育出了很多的新品种。这些新品种成了他心爱的宝贝，也引起了那些不肯像蜜蜂那样辛勤劳动的人的妒羡。

他从来没有摘过一朵花送人。因为这一点，他落得了一个自私、讨人厌的名声。有一位美貌的夫人曾来拜访过他。这位夫人离开的时候，同样也是两手空空没有带走一朵花，只是嘴里重复嘟哝着园丁对她说的话。从那时起，人们除了说他自私、讨人厌之外，又把他看成了疯子，谁也不再去理睬他了。

"夫人，您真美呀！"园丁对那位美貌的夫人说，"我真乐意把我花园里的花全部都奉献给您呀！但是，尽管我年岁已这么大了，我依旧不知道怎样采摘下来的玫瑰花，才能算一朵完整而有生命的玫瑰花。您在笑话我吧？哦！您不要笑话我，我请求您不要笑话我。"

老园丁把这位漂亮的夫人带到了玫瑰花园里，那里盛开着一种奇妙的玫瑰花，艳红的花朵好像是一颗鲜红的心被抛弃在蒺藜之中。

"夫人，您看，"老园丁一边用他那熟练的布满老茧的手抚摸着花朵，一边说，"我一直观察着玫瑰开花的全部过程。那些红色的花瓣从花萼里长出来，仿佛是一堆小小的篝火喷吐出的红通通的火苗。难道把火苗从篝火中取出来还能继续保持着它那熊熊燃烧的火焰吗？花萼细嫩，慢慢地从长长的花茎上长了出来，而花朵则出落在花枝上。谁也无法确切地把它们截然分开。长到何时为止算是花萼，又从何时开始算作花朵？我还观察到当玫瑰树根往下伸展开来的时候，枝干就慢慢地变成白色，而它的根因地下渗出的水的作用，又同泥土紧紧地结合起来了。

"结果我连一朵玫瑰花该从哪儿开始算起都不知道，那我怎么能把它摘下来送给他人？要是硬把它摘下来赠送给别人，那么，夫人，您知道吗？一种断残的东西其生命是十分短暂的。

"每年到了十月，那含苞待放的玫瑰花蕾绽开了。我竭力想知道玫瑰是在什么地方开始开花的。我从来也不敢说：'我的玫瑰树开花了。'而我总是这样欢呼着：大地开花了，妙极啦！

"在年轻的时候，我很有钱，身体壮实，人长得漂亮，而且心地善良，为人忠厚。那时曾有四个女人爱我。

"第一个女人爱我的钱财。在那个放荡的女人手里，我的财产很快地被挥霍完了。

"第二个女人爱我健壮的体格，她要我同我的那些情敌去搏斗，去战胜他们。可是不久，我的精力就随着她的爱情一起枯竭了。

"第三个女人爱我英俊的容貌。她无休止地吻我，对我倾吐了许许多多情意缠绵的奉承话。我英俊的容貌随着我的青春一起消逝了，那个女人对我的爱情也就完结了。

"第四个女人爱我忠厚善良。她利用我这一点来为她自己谋取利益，最后我终于看出了她的虚伪，就把她抛弃了。

"在那个时候，夫人，我就像是一株玫瑰树上的四朵玫瑰花，四个女人，每人摘去了一朵。但是，如果说一株玫瑰树可以迎送一百个春天的话，那么一朵玫瑰花只能有一个春天。我那几朵可怜的玫瑰花，就是如此这般地，一旦被人摘下，也就永远地凋零了。

"自此以后，从来没有人在我的花园里拿走过一朵花。我对所有到我这花园来的人说：'你什么时候才能不热衷于那些被分割开来的、残缺不全的东西呢？假如你真能把每件事物的底细明确地分清楚，假如你真能弄清玫瑰长到何时算作花萼，又从何时开始算作花朵的话，那么，你就到那玫瑰开花的地方去采摘吧！'"

生命花火

假如给我三天光明

（美）海伦·凯勒

我们都曾读到过这样激动人心的故事：故事的主角能活下去的时间已经很有限了，有的可以长到一年，有的却只有二十四小时。对于这位面临死亡的人打算怎样度过这最后的时日，我们总是感到很有兴趣——当然，我说的是可以有选择条件的自由人，而不是待处决的囚犯，那些人的活动范围是有限的。

这一类的故事使我们深思，我们会想到：如果我们自己也处于同样的地位，该怎么办？人都是要死的，在这最后的时辰，应当做一点什么？体验点什么？和什么人往来？在回首往事的时候，什么使我们感到快乐？什么使我们感到遗憾呢？

我常想，如果每一个人在刚成年时都能突然聋盲几天，那对他可能会是一种幸福。黑暗会使他更加懂得视力之可贵，寂静会教育他懂得声音的甜美。

我曾多次考察过我有视力的朋友，想让他们体会到他们能看到些什么。最近，我有一位很要好的朋友来看我，她刚从森林里散步回来。我问她发现了什么。"没有什么特别的。"她回答。好在我对这类的回答已经习惯了。因为很久以来，我就深信有视力的人所能看到的东西其实很少，否则，我是难以相信她的回答的。

我问我自己，在树林里走了一个小时，却没看到什么值得注意的东西，这难道可能么？我是个盲人，但是我光凭触觉就能发现数以百计的有趣的东西。我能摸出树叶的精巧的对称图形，我的手带着深情抚摸银桦的光润的细皮，或者松树的粗糙的凸凹不平的硬皮。在春天，我怀着希望抚摸树木的枝条，想找到一个芽蕾，那是大自然在冬眠之后苏醒的第一个征兆。我感觉到花朵的美妙的丝绒般的质地，发现它惊人的螺旋形的排列——我又探索到大自然的一种奇妙之处。如果我幸运的话，在我把手轻轻地放在小树上时，还能偶然感到小鸟在枝头讴歌时所引起的欢乐的颤动。小溪的清凉的水从我撒开的指间流过，使我欣慰。松针或绵软的草叶铺成的葱茏的地毯比最豪华的波斯地毯还要可爱。春夏秋冬——在我身边展开，这对我是一出无穷无尽的惊人的戏剧。这戏的动作是在我的指头上流过的。

我的心有时大喊大叫，想看到这一切。既然我单凭触觉就能获得这么多的快乐，视觉所能展示于人的，又会有多少！但是很显然，有视力的人看见的东西却很少。他们对充满这大千世界的色彩、形象、动态所构成的广阔的画面习以为常。也许对到手的东西漠然置之，却在追求自己所没有的东西，是人之常情吧。但是，在有光明的世界里，视觉的天赋只是被当成一种方便，而不是当做让生命更加充实的手段，这毕竟是令人非常遗憾的事。

为了最好地说明问题，不妨让我设想一下，如果我能有，比如说，三天的视力，我最希望看到什么东西。在我设想的时候，你也不妨动动脑子，设想一下如果你也只能有三天视力，你打算看见些什么。如果你知道第三天的黄昏之后，太阳便再也不会为你升起的话，你将如何使用这宝贵的三天呢？你最渴望看见的东西是什么呢？

如果由于某种奇迹，我能获得三天视力，然后再回到黑暗中去的话，我将把这段时间分作三个部分。

在第一天，我将看看那些以他们的慈爱、温情和友谊使我的生命值得活下去的人。首先，我一定要长久地打量我亲爱的老师安妮·沙莉文·梅西太太，是她在我孩提时代来到我的身边，为我开启了外部世界的大门。我不但要细看她的面部轮廓，让它存留在我的记忆里，而且要研究她那张面孔，找出生动的证据，说明她在完成对我的教育这项艰苦的任务时所表现出来的温和与耐性。我要从她的眼里看见她性格的力量。那力量使她坚强地面对困难。我还要看到她在我面前常常流露的对人类的同情。如何通过"灵魂的窗户"眼睛看到朋友的心灵深处，我是不懂得的。我只能通过指尖探索到人们面部的轮廓。我能感到欢笑、悲伤和许多明显的感情。我是通过触摸他们的面部认识我的朋友的……

我很熟悉在我身边的朋友，因为长年累月的交往让他

们把自己的各个侧面都呈现在我的面前。然而对于偶然结识的朋友，我却只有通过握手，通过指尖触摸他嘴唇的张合动作，和他们在我的掌心里的点划，得到一点不完全的印象。

你们有视力的人只需通过观察细微的表情：肌肉的震颤、手的动作，便能迅速地把握住另一个人的基本性格，那是多么轻松，多么方便啊！

但是，你曾想过用你的眼睛去深入观察朋友或熟人的内在性格吗？你们大部分有视力的人，对人家的面孔是不是经常只随意看到一点外部轮廓就放过去了呢？

有视力的人对身边的日常事物很快就习以为常了。他们实际上只看到惊人的和特别触目的部分。而且就是在特别触目的景象面前，他们的眼睛也是懒惰的。每天的法庭记录都说明"证人"们的眼睛是多么地不准。同一个事件有多少个"证人"，就会有多少个不同的印象。有的人比别的人看到的多一些，然而能把他们视觉范围内的东西全部看到的人却寥寥无几。

啊！如果我有三天视力，我能看到多少东西啊！

第一天我一定很忙，我要把我所有的亲爱的朋友请来，久久地观看他们的面孔，把体现他们内心美的外部特征深深地印在我的心上。我还要细看婴儿的面庞。我要观察在个体认识到矛盾之前的强烈的天真的美——那矛盾是随着生命的发展而发展的。

我还想观察我那几条忠心耿耿的狗的眼睛——庄重、老练的小苏格兰、小黑，还有高大结实、善解人意的大丹麦狗赫耳加。它们曾以热烈、温柔和快活的友谊给了我极大的安慰。

在最忙的第一天，我也想去看一看家里的琐碎简单的事物。我想看看我脚下的地毯的温暖的色彩，看看墙上的画，看看那些我所熟悉的琐碎的东西，是它们把一所房屋变成了家的。我的眼睛会带着敬意停留在我所读过的图文书籍上，但是我恐怕会对印刷出来给有眼睛的人读的书感到更加强烈的兴趣。因为在我生命的漫长黑夜之中，我所读过的书和别人为我"读"的书，已经构筑成了一座巨大的灿烂的灯塔，为我照亮了人的生命和精神的最深邃的航道。

在我有视力的第一天的下午，我要在树林里来一次漫长的散步，用大千世界的种种美景刺激我的眼帘。我要竭尽全力在几小时之内吸取那光辉广阔的场面——那对有视力的人永远展现的场面。在我从林间散步回来的路上，我走着的小径会从田野旁经过，我可以看到温驯的马翻耕着土地（说不定只看到一部拖拉机），也可以看到那些依靠泥土生活的人们怡然自得的神情。我还要祈祷让我看到一个绚丽多彩的落日。

黄昏降临之后，我还会体察到一种双重的欢乐：我能借助人造的光明来看到世界，在大自然命令出现黑暗的时候，人类却凭自己的聪明才智创造出了光明，延长了自己

的视力。

在我有视力的第一个晚上，我大概会睡不着觉，我心里一定会充满了对白天的丰富的回忆。

第二天——我有视力的第二天，我将和黎明同时起身，去观看那把黑夜变成白昼的令人惊心动魄的奇景。我要怀着敬畏的心情观看那宏伟浩瀚的、光华灿烂的景色，太阳就是用它唤醒了沉睡的地球的。

我要拿这一天迅速地纵观世界，观察它的过去和现在，我要看到人类进步的奇迹，看到万花筒一般的各个历史时代。我怎么能在一天之内看到这样众多的事物呢？当然得靠博物馆。我曾多次参观过纽约的自然历史博物馆，我曾用手触摸过那儿的展品。但是，我也希望用我的眼睛看见在那儿展出的地球和它的居民简要的历史；我要看到在自己的天然环境里生长的动物和不同人种的人；看到恐龙和乳齿象的庞大的骸骨，它们在个子矮小但脑力强大的人类征服动物界之前许久曾在大地上漫游。我还要看到有关动物、人类、人类的工具等生动实际的展览品。人类利用工具在地球上为自己开辟了安全的家园。我还要看到自然史上的一千零一个其他方面。

我不知道本文的读者中有多少人曾在那动人的博物馆里看到过各类生物的广阔画面。当然，有许多人没有这样的机会，但是我相信不少人虽有这样的机会却没有加以使用。博物馆的确是一个值得你使用眼睛的地方。你们可以在那儿多日流连，得到丰富的教益。但我却只有想象中的三天，因此只能匆匆地看过就离开。

下一站我要到都会美术博物馆去。自然历史博物馆揭示了世界的物质面，美术博物馆则反映出了人类精神的千姿百态。在整个人类历史中，对于艺术表现的要求和对于吃、住、繁衍的要求一样强烈。在这儿，美术博物馆的宽大的展览室将通过古埃及、古希腊和古罗马的艺术，展示出这些民族的精神世界。古尼罗河土地上的男女神灵的雕像，我的手指对它们是很熟悉的。我曾触摸过巴底农神庙的壁饰浮雕的复制品。我曾体会到冲锋陷阵的雅典勇士们有节奏的美。阿波罗、维纳斯和萨莫特雷斯的有翅膀的胜利女神雕像，都是我指头尖上的朋友。荷马那疙里疙瘩的有胡须的面庞使我感到分外亲切，因为他也懂得瞎了眼睛的痛苦。

我的指头曾在古罗马和后世的生动的大理石雕像上流连。我曾抚摸过米开朗琪罗的动人的英雄摩西的石膏像；我曾触摸到罗丹作品的气魄；我曾对哥德人的木雕所表现的虔诚肃然起敬。我能懂得这些能摸触到的艺术品，但是，它们本是用来看，而不是用来摸的，它们的美至今对我隐蔽着，我只能猜想。我能赞叹希腊花瓶的单纯的线条，但是它的形象装饰我却无法感受。

因此，在我有视力的第二天，我将通过观看人类的艺术去探索人类的灵魂。过去我凭触觉感受到的东西，现在我要用眼睛去看到了。更为绝妙的是整个绚丽的绘画世界——从带着平静的宗教献身精神的意大利原始绘画到具有狂热的想象的当代绘画，都将在我面前呈现出夺目的光彩。我要深入地观看拉斐尔、达·芬奇、提香、伦勃朗的画。我要饱览维隆尼斯的温暖的色调，研究厄尔·格勒柯的神奇，捕捉珂罗笔下的大自然的新颖形象。啊，有视力的人们，在历代的艺术作品中，你们可以看到多么丰富的意义和美啊！

我在艺术殿堂的短暂的巡礼中所能看到的，不过是向你们开放的艺术世界的很小的一部分，我只能获得一个浮光掠影的印象。艺术家们告诉我，要想深入、真切地欣赏艺术，必须训练眼睛；要通过经验衡量线条、构图、形体和色彩的优劣。如果我有视力，我将多么乐于从事这种迷人的研究啊！然而，我却听说，在你们许多有眼睛的人眼中，艺术的世界却是一片没有被探索、照亮的混沌。

　　我离开都会美术博物馆时，一定十分留恋，那儿有通向美的钥匙——被那样地忽视了的美。不过，有眼睛的人们要寻求通向美的钥匙，并不一定要到都会美术博物馆去。同样的钥匙在小型博物馆甚至在小型图书馆架上的书中也等待着他们。然而，在我所幻想的有限的有眼睛的时间里，我必须选择可以在最短的时间内打开最巨大的宝藏的钥匙。

　　在我有视力的第二天晚上，我要用来看戏或看电影。就是目前我也经常"看"各种戏剧表演。只是演出的动作得靠一个同伴拼写到我的手心里。我多么想用自己的眼睛看到身穿伊丽莎白时代丰富多彩的服饰的迷人的哈姆雷特或易于冲动的福斯泰夫。

　　天啊！我会多么密切地注视着漂亮的哈姆雷特的每一个动作和粗壮的福斯泰夫的每一个步伐！由于我只能看到一个剧，我难免会感到莫衷一是，因为我想看的剧有好几十个。你们有视力，愿看哪一个都可以，我不知道你们有多少人在看戏、看电影或其他节目时曾经感觉到视力这个奇迹，对它表示感谢？让你欣赏到演出的色彩、动作和美的正是它呢！

　　我在用手触摸的范围之外，便无法欣赏有节奏的动

最美的散文（世界卷）

〇三九

作。对于巴芙洛娃的娴雅优美，我只能模糊地想象，虽然我也懂得一点节奏的快感，因为我常在音乐震动地板时感到它的节拍。我很能想象节奏鲜明的动作一定会形成世界上最美妙的形象。我常用手指抚摸大理石雕像，依稀懂得一点这种道理。既然这种静止的美都如此可爱，那么，如果能看到运动中的美又会是多么令人销魂陶醉！

我最甜蜜的记忆之一是，约瑟夫·杰弗逊在表演他心爱的李卜·范·温克尔的某些动作和台词时，让我触摸了他的面孔和双手。那使我对戏剧的世界有了个朦胧的印象。当时我的快乐我将永远难忘。有眼睛的人们随着戏剧的开展所能看见和听到的交替出现的行动和语言，能给他们多少乐趣啊！可是啊，这种乐趣我却无法体会！我只需看到一次演出，以后便可以在心里想象出一百个剧本的动作。这些剧本我曾读过或通过手语体会过。

因此，在我所想象的我有视力的第二天，戏剧文学的伟人形象将从我的眼里挤走全部的睡意。

第三天早上，我将再一次迎接黎明。我渴望获得新的美感，因为我深信，对于那些真正能看见的有视力的人来说，每一天的黎明都永远会显示出一种崭新的美。

这一天，按我所设想的奇迹的条件看来，已是我有视力的第三天，也就是最后一天了。要看的东西太多，我不会有时间感到遗憾或渴望的。第一天我用在有生命和无生命的朋友身上了；第二天向我展示了人类和自然的历史；今天，我要到忙于生活事务的人们的地方去看看当前的日常世界。还能有什么比纽约更纷纭繁复的地方么？纽约就是我的目的地。

我的家在森林山，坐落在长岛一个小巧幽静的郊区，那儿在葱茏的草地、树木和花朵之中，有整洁玲珑的住宅，有妇女们和孩子们的活动和欢笑。这是个平静的安乐窝，男人们在城里工作一天之后，便回到这里来。我从这里驱车出发驶过横跨东河的花边一样的钢架桥梁，我会得到一个令我赞叹的新印象，它向我显示出人类心灵的力量和聪明。河里船舶往来如织，"轧轧"地响着，有飞速的快艇，也有喷着鼻息的没精打采的拖驳。如果我时间还很多的话，我要花许多时日来观察河上的有趣的活动。

我往前看，在我眼前升起的是纽约城千奇百怪的高楼大厦——好像是一座从童话中升起的城市。闪光的塔楼、巍然耸立的钢铁和石头的壁垒，多么叫人惊心动魄！——就是众神为自己修造的宫阙也不过如此！这一幅活跃的图画是数以百万计的人们日常生活的一部分。可是我不知道有多少人看过它第二眼？我估计人数很少。人们对这宏伟的景象是看不见的，因为对它太熟悉。

我匆匆忙忙地登上一座巍峨的高楼——帝国大厦，因为不久前，我曾在那里通过我的秘书的眼睛"看"到了脚下的城市。我急于要把我那时的想象和现在的现实相印

证。我深信我对即将展现在我眼前的宏伟图景不会失望，因为它对于我来说是另一个世界的幻象。

现在我开始周游这座城市了。首先，我要站在一个闹市的角落里，凝望着行人，不做别的事，我要从他们的眼神里看到他们生活的某些侧面。我看到微笑，便感到高兴；我看到坚强的决心，便感到骄傲；我看到痛苦，也不禁产生同情。

我沿着五号大街漫步，我要放眼纵观，不看个别的对象，只看那沸腾的、五彩缤纷的场面。我相信在人群中往来的妇女的服装，一定是万紫千红、色彩绚丽的，叫我永远也看不厌。但是如果我有眼睛的话，我也会像别的妇女一样，只对个别服装的式样和剪裁产生过多的兴趣，而忽略了人群中的色彩的美艳。我还深信，我会流连于橱窗之间，久久不肯离开，因为展出在那儿的货品一定是琳琅满目，美不胜收的。

我离开五号大街，又去观光全城。我到公园大街去，到贫民窟去，到工厂去，到孩子们游玩的公园去。我去参观外国人的居住区，这是身在国内却又出国旅行的办法。为了深入探索，加强我对人们的工作和生活的理解，我将永远对一切快乐和痛苦的形象睁大双眼。人和事的种种形象将充满我的心。我的眼睛决不会把任何东西视做无足轻重而轻易放过。我的目光所到之处，都要探索和紧紧地捕捉。有些场面欢乐，它使我的心也充满快乐；但是也有痛苦的场面，痛苦得叫人伤感。对种种痛苦的场面，我决不会闭上眼睛，因为那也是生活的一部分。对它闭上了眼睛，也就是关闭了心灵和思想。

我有视力的第三天快结束了。也许我还应当把剩下的几个小时作许多严肃的追求。但我担心在那最后的晚上，我又会跑到戏院去看一场欢笑谐谑的戏。这样，我便能欣赏到人类精神中喜剧的情趣。

我暂时获得的视力到半夜就要结束了，我又将陷入无尽的黑夜之中。在短短的三天内，我是不可能看到我想看到的一切的。只有当黑暗再度降临到我身上之后，我才会懂得我漏掉了多少东西。不过，我的心里仍然充满光明的回忆，因此没有时间感到遗憾。此后我每摸触到一样东西，都会想起它的样子，从而唤起一段美妙的回忆。

我是个盲人，我对有视力的人只有一个建议：我要劝告愿意充分使用视力这种天赋的人，要像明天你就会变成盲人一样充分使用你的眼睛。同样的设想也可以用于其他的感官。要像明天你就会变成聋子一样，聆听话语中的音乐、鸟儿们的歌唱和交响乐队雄浑的乐章。要像明天你的触觉就会消失一样去抚摸你想抚摸的一切。要像你明天就会失去嗅觉和味觉一样去品味花朵的馨香和食物的美味。充分地使用你的感官吧！陶醉于大自然通过你天赋的不同知觉对你显示出的种种快感和美感中去吧！不过，在一切感官之中，我仍深信视觉是最令人快乐的。

《宽容》序

（美）房龙

在宁静的无知山谷里，人们过着幸福的生活。

永恒的山脉向东西南北各个方向蜿蜒绵亘。

知识的小溪沿着深邃破败的溪谷缓缓地流着。

它发源于昔日的荒山。

它消失在未来的沼泽。

这条小溪并不像江河那样波澜滚滚，但对于需求浅薄的村民来说，已经绰有余裕。

晚上，村民们饮毕牲口，灌满水桶，便心满意足地坐下来，尽享天伦之乐。

守旧的老人们被搀扶出来，他们在阴凉角落里度过了整个白天，对着一本神秘莫测的古书苦思冥想。

他们向儿孙们唠叨着古怪的字眼，可是孩子们却惦记着玩耍从远方捎来的漂亮石子。

这些字眼的含意往往模糊不清。

不过，它们是一千年前由一个已不为人所知的部族写下的，因此神圣而不可亵渎。

在无知山谷里，古老的东西总是受到尊敬。

谁否认祖先的智慧，谁就会遭到正人君子的冷落。

所以，大家都和睦相处。

恐惧总是陪伴着人们。谁要是得不到果园里果实中应得的份额，又该怎么办呢？

深夜，在小镇的狭窄街巷里，人们低声讲述着情节模糊的往事，讲述那些敢于提出问题的男男女女。

这些男男女女后来走了，再也没有回来。

另一些人曾试图攀登挡住太阳的岩石高墙。

但他们陈尸石崖脚下，白骨累累。

日月流逝，年复一年。

在宁静的无知山谷里，人们过着幸福的生活。

外面是一片漆黑，一个人正在爬行。

他手上的指甲已经磨破。

他的脚上缠着破布，布上浸透着长途跋涉留下的鲜血。他跌跌撞撞来到附近一间草房，敲了敲门。

接着他昏了过去。借着颤动的烛光，他被抬上一张吊床。

到了早晨，全村都已知道："他回来了。"

邻居们站在他的周围，摇着头。他明白，这样的结局是注定的。

对于敢于离开山脚的人，等待他的是屈服和失败。

在村子的一角，守旧老人们摇着头，低声倾吐着恶狠狠的词句。

他们并不是天性残忍，但法律毕竟是法律。他违背了守旧老人的意志，犯了弥天大罪。

他的伤一旦治愈，就必须接受审判。

守旧老人本想宽大为怀。

他们没有忘记他母亲的那双奇异闪亮的眸子，也回忆起他父亲三十年前在沙漠里失踪的悲剧。

不过，律法毕竟是律法，必须遵守。

守旧老人是它的执行者。

守旧老人把漫游者抬到集市区，人们毕恭毕敬地站在周围，鸦雀无声。

漫游者由于饥渴，身体还很衰弱。老者让他坐下。

他拒绝了。

他们命令他闭嘴。

但他偏要说话。

他把脊背转向老者，两眼搜寻着不久以前还与他志同道合的人。

"听我说吧，"他恳求道，"听我说，大家都高兴起来吧！我刚从山的那边来。我的脚踏上了新鲜的土地，我的手感觉到了其他民族的抚摸，我的眼睛看到了奇妙的景象。

"小时候，我的世界只是父亲的花园。

"早在创世的时候，花园东面、南面、西面和北面的疆界就定下来了。

"只要我问疆界那边藏着什么，大家就不住地摇头，一片嘘声。可我偏要刨根问底，于是他们把我带到这块岩石上，让我看那些敢于蔑视上帝的人的粼粼白骨。

"骗人！上帝喜欢勇敢的人！我喊道。于是，守旧老人走过来，对我读起他们的圣书。他们说，上帝的旨意已经决定了天上人间万物的命运。山谷是我们的，由我们掌管，野兽和花朵，果实和鱼虾，都是我们的，按我们的旨意行事。但山是上帝的。对山那边的事物我们应该一无所知，直到世界的末日。

"他们是在撒谎，他们欺骗了我，就像欺骗你们一样。

"那边的山上有牧场，牧草同样肥沃，男男女女有同样的血肉，城市是经过一千年能工巧匠细心雕琢的，光彩夺目。

"我已经找到一条通往更美好的家园的大道，我已经看到幸福生活的曙光。跟我来吧，我带领你们奔向那里。上帝的笑容不只是在这儿，也在其他地方。"

他停住了，人群里发出一声恐怖的吼叫。

"亵渎，这是对神圣的亵渎。"守旧老人叫喊着，"给他的罪行以应有的惩罚吧！他已经丧失理智，胆敢嘲弄一千年前定下的律法。他死有余辜！"

人们举起了沉重的石块。

人们杀死了这个漫游者。

人们把他的尸体扔到山崖脚下，借以警告敢于怀疑祖先智慧的人，杀一儆百。

没过多久，爆发了一场特大干旱。潺潺的知识小溪枯竭了，牲畜因干渴而死去，粮食在田野里枯萎，无知山谷里饥声遍野。

不过，守旧老人们并没有灰心。他们预言说，一切都会转危为安，至少那些最神圣的篇章是这样写的。

况且，他们已经很老了，只要一点食物就足够了。

冬天降临了。

村庄里空荡荡的，人烟稀少。

半数以上的人由于饥寒交迫已经离开人世。

活着的人把唯一希望寄托在山脉那边。

但是律法却说："不行！"

律法必须遵守。

一天夜里，爆发了叛乱。

失望把勇气赋予那些由于恐惧而逆来顺受的人们。

守旧老人们无力地抗争着。

他们被推到一旁，嘴里还抱怨着自己的命运不济，诅咒孩子们忘恩负义。不过，最后一辆马车驶出村子时，他们叫住了车夫，强迫他把他们带走。

这样，投奔陌生世界的旅程开始了。

离那个漫游者回来的时间，已经过了很多年，所以要找到他开辟的道路并非易事。

成千上万人死了，人们踏着他们的尸骨，才找到第一座用石子堆起的路标。

此后，旅程中的磨难少了一些。

那个细心的先驱者已经在丛林和无际的荒野乱石中用火烧出了一条宽敞大道。

它一步一步把人们引到新世界的绿色牧场。大家相视无言。

"归根结底他是对了，"人们说道，"他对了，守旧老人错了……"

"他讲的是实话，守旧老人撒了谎……"

"他的尸首还在山崖下腐烂，可是守旧老人却坐在我们的车里，唱那些老掉牙的歌。"

"他救了我们，我们反倒杀死了他。"

"对这件事我们的确很内疚；不过，假如当日我们知道的话，当然就……"

随后，人们解下马和牛的套具，把牛羊赶进牧场，建造起自己的房屋，规划自己的土地。从这以后很长时间，人们又过着幸福的生活。

几年以后，人们建起了一座新大厦，作为智慧老人的住宅，并准备把勇敢先驱者的遗骨埋在里面。

一支肃穆的队伍回到了早已荒无人烟的山谷。但是，山脚下空空如也，先驱者的尸骨荡然无存。

一只饥饿的豺狗早已把尸首拖入自己的洞穴。

人们把一块小石头放在先驱者足迹的尽头（现在那已是一条大道），石头上刻着先驱者的名字，一个首先向未知世界的黑暗和恐怖挑战的人的名字，他把人们引向了新的自由。

石上还写明，它是由前来感恩朝礼的后代所建。

这样的事情发生在过去，也发生在现在，不过将来（我们希望）这样的事不再发生了。

光荣的荆棘路

（丹麦）安徒生

从前有个古老的故事："光荣的荆棘路：一个叫做布鲁德的猎人得到了无上的光荣和尊严，但是他却长时期遇到极大的困难和冒着生命的危险。"我们大多数的人在小时候已经听到过这个故事，可能后来还谈到过它，并且也想起自己没有被人歌颂过的"荆棘路"和"极大的困难"。故事和真实没有什么太大的分界线。不过故事在我们这个世界里经常有一个愉快的结尾，而真实常常在今生没有结果，只好等到永恒的未来。

世界的历史像一个幻灯片。它在现代的黑暗背景上，放映出明朗的片子，说明那些造福人类的善人和天才的殉道者在怎样走着荆棘路。

这些光耀的图片把各个时代、各个国家都放映给我们看。每张片子只放映几秒钟，但是它却代表整个的一生——充满了斗争和胜利的一生。我们现在来看看这些殉道者行列的人吧——除非这个世界本身遭到灭亡，这个行列是永远没有穷尽的。

我们现在来看看一个挤满观众的圆形剧场吧。讽刺和幽默的语言像潮水一般地从阿里斯托芬的"云"喷射出来。雅典最了不起的一个人物，在人身和精神方面，都受到了舞台上的嘲笑。他是保护人民反抗三十个暴君的战士。他名叫苏格拉底，他在混战中救援了阿尔西比亚得和生诺风，他的天才超过了古代的神仙。他本人就在场。他从观众的凳子上站起来，走到前面去，让那些正在哄堂大笑的人可以看看，他本人和戏台上嘲笑的那个对象究竟有什么相同之点。他站在他们面前，高高地站在他们面前。

你，多汁的、绿色的毒胡萝卜，雅典的阴影不是橄榄树而是你！

七个城市国家在彼此争辩，都说荷马是在自己城里出生的——这也就是说，在荷马死了以后！请看看他活着的时候吧！他在这些城市流浪，靠朗诵自己的诗篇过日子。他一想起明天的生活，他的头发就变得灰白起来。他，这个伟大的先知者，是一个孤独的瞎子。锐利的荆棘把这位诗中圣哲的衣服撕得稀烂。

但是他的歌仍然是活着的；通过这些歌，古代的英雄和神仙也获得了生命。

图画一幅接着一幅地从日出之国、从日落之国现出来。这些国家在空间和时间方面彼此的距离很远，然后它们却有着同样的光荣的荆棘路。生满了刺的棘只有在它装饰着坟墓的时候，才开出第一朵花。

骆驼在棕榈树下面走过。它们满载着靛青和贵重的财宝。这些东西是这国家的君主送给一个人的礼物——这个人是人民的欢乐，是国家的光荣。嫉妒和毁谤逼得他不得不从这国家逃走，只有现在人们才发现他。这个骆驼队现在快要走到他避乱的那个小镇。人们抬出一具可怜的尸体走出城门，骆驼队停下来了。这个死人正是他们所要寻找的那个人：费尔杜西——光荣的荆棘路在这儿告一结束！

在葡萄牙的京城里，在王宫的大理石台阶上，坐着一个圆面孔、厚嘴唇、黑头发的非洲黑人，他在向人求乞。他是加莫恩的忠实的奴隶。如果没有他和他求乞得到的许多铜板，他的主人——叙事诗《路西亚达》的作者——恐怕早就饿死了。

现在加莫恩的墓上立着一座贵重的纪念碑。

这是一幅国画！

铁栏杆后面站着一个人。他像死一样的惨白，长着一脸又长又乱的胡子。

"我发明了一件东西——一件许多世纪以来最伟大的发明，"他说，"但是人们却把我放在这里关了二十多年！"

"他是谁呢？"

"一个疯子！"疯人院的看守说，"这些疯子的怪想头才多呢！他相信人们可以用蒸汽推动东西！"

这人名字叫萨洛蒙·得·高斯，黎显留读不懂他的预言性的著作，因此他死在疯人院里。

现在哥伦布出现了。街上的野孩子常常跟在后面讥笑他，因为他想发现一个新世界——他居然发现了。欢乐的钟声迎接着胜利归来的他，但嫉妒的钟声敲得比这还要响亮。他，这个发现新大陆的人，这个把美洲黄金的土地从海里捞起来的人，这个一切贡献给他的国王的人，所得到的报酬是一条铁链。他希望把这条链子放在他的棺材上，让世人可以看到他的时代给予他的评价。

图画一幅接着一幅地出现，光荣的荆棘路真是没有尽头。

在黑暗中坐着一个人，他要量出月亮里山岳的高度。

他探索星球与行星之间的太空。他这个巨人懂得大自然的规律。他能感觉到地球在脚下转动。这人就是伽利略。老迈的他，又聋又瞎，坐在那儿，在尖锐的苦痛和人间的轻视中挣扎。他几乎没有气力提起他的一双脚：当人们不相信真理的时候，他在灵魂的极度痛苦中曾经在地上跺着这双脚，高呼道："但是地在转动呀！"

这儿有一个女子，她有一颗孩子的心，但是这颗心充满热情和信念。她在一支战斗的部队前面高举着旗帜；她为她的祖国带来胜利和解放。空中响起了一片狂乐的声音，于是柴堆烧起来了：大家在烧死一个巫婆——冉·达克。是的，在接着的一个世纪中人们唾弃这朵纯洁的百合花，但智慧的鬼才伏尔泰却歌颂"拉·比赛尔"。

在巍堡的宫殿里，丹麦的贵族烧毁了国王的法律。火焰升起来，把这个立法者和他的时代都照亮了，同时也向那个黑暗的囚楼送进一点彩霞。他的头发斑白，腰也弯了；他坐在那儿，用手指在石桌上刻出许多线条。他曾经统治过三个王国。他是一个民众爱戴的国王；他是市民和农民的朋友：克利斯仙二世。他是一个莽撞时代的一个有性格的莽撞人。敌人写下他的历史。我们一方面不忘记他的血腥的罪过，一方面也要记住：他被囚禁了二十七年。

一艘船从丹麦开出去了。船上有一个人倚着桅杆站着，向汶岛作最后的一瞥。他是杜却·布拉赫。他把丹麦的名字提升到星球上去，但他所得到的报酬是讥笑和伤害。他跑到国外去。他说："处处都有天，我还要求什么别的东西呢？"他走了。我们这位最有声望的人在国外得到了尊荣和自由。

"啊，解脱！只愿我身体中不可忍受的痛苦能够得到解脱！"好几世纪以来我们就听到这个声音。这是一张什么图片呢？这是格里芬菲尔德——丹麦的普洛米修斯——被铁链锁在木克荷尔姆石岛上的一幅图画。

我们现在来到美洲，来到一条大河的旁边。有一大群人集拢来，据说有一艘船可以在坏天气中逆风行驶，因为它本身具有抗拒风雨的力量。那个相信能够做到这件事的人名叫罗伯特·富尔登。他的船开始航行，但是它忽然停下来了。观众大笑起来，并且还"嘘"起来——连他自己的父亲也跟大家一起"嘘"起来："自高自大！糊涂透顶！他现在得到了报应！应该把这个疯子关起来才对！"

一根小钉子摇断了——刚才机器不能动就是因为它的缘故。轮子转动起来了，轮翼在水中向前推进，船在开行。蒸汽机的杠杆把世界各国间的距离从钟头缩短成为分秒。

人类啊，当灵魂懂得了它的使命以后，你能体会到在这清醒的片刻中所感到的幸福吗？在这片刻中，你在光荣的荆棘路上所得的一切创伤——即使是你自己所造成的——也会痊愈，恢复健康、力量和愉快；噪音变成谐声；人们可以在一个人身上看到上帝的仁慈，而这仁慈通过一个人普及到大众。

光荣的荆棘路看起来像环绕着地球的一条灿烂的光带。只有幸运的人才被送到这条带上行走，才被指定为建筑那座联结上帝与人间的桥梁的、没有薪水的总工程师。

历史拍着它强大的翅膀，飞过许多世纪，同时在光荣的荆棘路这个黑暗背景上，映出许多明朗的图画，来鼓起我们的勇气，给予我们安慰，促进我们内心的平安。这条光荣的荆棘路，跟童话不同，并不在这个人世间走到一个辉煌和快乐的终点，但是它却超越时代，走向永恒。

热爱生命

（法）蒙田

我对某些词语赋予特殊的含义，拿"度日"来说吧，天色不佳，令人不快的时候，我将"度日"看做是"消磨光阴"；而风和日丽的时候，我却不愿意去"度"，这时我是在慢慢赏玩、领略美好的时光。坏日子，要飞快去"度"；好日子，要停下来细细品尝。"度日""消磨时光"的常用语令人想起那些"哲人"的习气。他们以为生命的利用不外乎在于将它打发、消磨，并且尽量回避它，无视它的存在，仿佛这是一件苦事、一件贱物似的。至于我，我却认为生命不是这个样的，我觉得它值得称颂，富有乐趣，即便我自己到了垂暮之年也还是如此。我们的生命受到自然的厚赐，它是优越无比的，如果我们觉得不堪生之重压或是白白虚度此生，那也只能怪我们自己。

"糊涂人的一生枯燥无味，躁动不安，却将全部希望寄托于来世"。

不过，我却随时准备告别人生，毫不惋惜。这倒不是因生之艰辛或苦恼所致，而是由于生之本质在于死。因此只有乐于生的人才能真正不感到死之苦恼。享受生活要讲究方法。我比别人多享受到一倍的生活，因为生活乐趣的

大小是随我们对生活的关心程度而定的。尤其在此刻，我眼看生命的时光无多，我就愈想增加生命的分量。我想靠迅速抓紧时间，去留住稍纵即逝的日子；我想凭时间的有效利用去弥补匆匆流逝的光阴。剩下的生命愈是短暂，我愈要使之过得丰盈饱满。

巴尔扎克之死

（法）雨果

　　1850年8月18日，我的妻子曾在白天去看望德·巴尔扎克夫人，她对我说，德·巴尔扎克先生奄奄一息，我直奔他那里。

　　德·巴尔扎克先生一年半前染上了心脏肥大症。"二月革命"以后，他到了俄国，在那里结了婚。他动身前几天，我在大街上遇到他，他已经叫苦不迭，大声地喘息。

　　1850年5月，他回到法国，结了婚，变得富有，却行将就木。回来时他已经双腿肿胀。四个会诊的医生给他听诊，其中一个即路易先生，7月6日对我说：他活不到六个星期，他和弗雷德里克·苏利埃患的是同一种病。

　　8月18日，我跟我的叔叔路易·雨果将军共进晚餐，一散席，我便与他分手，乘上一辆出租马车。马车把我送到博永区福蒂内林荫大道14号。德·巴尔扎克先生就住在那里。他买下德·博永先生公馆的残留部分，这座低矮住宅的主要部分出于偶然才避免拆毁。他把这些破房子用家具布置得富丽堂皇，使之变成一幢迷人的小小公馆，大门面临福蒂内林荫大道，一个狭长的院子当做小花园，小径这里那里切割开花坛。

我按了按铃。月光蒙上了乌云，街道阒无人影。没有人来开门。我按了第二次铃。门打开了。一个女仆手拿蜡烛，出现在我面前。

"先生有何贵干？"她问。

她在哭泣。

我报了自己的名字。女仆让我走进底层的客厅，在壁炉对面的一个托座上，放着大卫的巴尔扎克大理石巨大胸像。一支蜡烛在客厅中央的椭圆形华丽桌子上燃烧着，这张桌子以六个式样至善至美的金色小雕像作为支脚。

另一个也在哭泣的女人来对我说："他已奄奄一息。夫人回到了自己房里。医生们从昨天起已撒手不管他了。他左腿有个伤口。生的是坏疽。医生们束手无策。他们说，先生的水肿是像猪肉皮似的水肿，是浸润性的，这是他们的话，皮和肉就像猪肉，不可能为他做穿刺术。嗨，上个月先生就寝时撞上一件有人像装饰的家具，皮肤划破了，他身体内所有的水都流出来了。医生们说：哎呀！这使他们吃惊。从那时起，他们给他做穿刺术。他们说：按常规办事吧。但腿上又生了个脓肿。给他动手术的是鲁先生。昨天，去掉了器械，伤口并不出脓，但发红、干燥、火辣辣的。于是他们说：他完了！便再也不来了。派人去找了四五个医生，都白费力气，所有的医生都回答：没有办法。昨夜情况恶化。今天早上六点，先生不能说话了。夫人派人去找教士。教士来了，给先生做了临终涂油礼。先生示意他明白了。一小时以后，他握了他妹妹德·舒维尔夫人的手。十一个小时以来，他发出嘶哑的喘气声，再也看不见东西。他过不了今夜。如果您愿意，先生，我会去找德·舒维尔夫人，她还没有睡下。"

这个女人离开了我。我等了一会儿。蜡烛刚刚照亮客厅富丽的陈设和挂在墙上的波布斯以及霍尔拜因的出色绘画。大理石胸像好似不久于人世的那个人的幽灵那样，朦朦胧胧伫立在昏暗中。一种尸体气味充满了屋子。

德·舒维尔夫人进来了，给我证实了女仆告诉我的一切。我要求见德·巴尔扎克先生。

我们穿过一个走廊。登上铺着红地毯和摆满艺术品——瓷瓶、雕像、油画，搁着珐琅制品的餐具橱的楼梯，然后是另一道走廊，我看到一扇打开的门，我听到很响的不祥的嘶哑喘气声。我来到巴尔扎克的卧房。

一张床放在这个房间的中央。这是一张桃花心木床，床脚和床头有横档和皮带。表明这是一件用来使病人活动的悬挂器械。德·巴尔扎克先生躺在这张床上。他的头枕在一堆枕头上，人们还加上从房间的长靠背椅拿来的锦缎靠垫。他的脸呈紫色，近乎变黑，向右边奔拉，没有刮胡子，灰白的头发理得很短，眼睛睁开，眼神呆滞。我看到侧面的他，他这样酷似皇帝。

一个老女人，是女看护，还有一个男仆，站在床的两侧。枕后的桌上一支蜡烛燃烧着，另一支放在门旁的五斗柜上，一只银壶放在床头柜上。

这个男人和这个女人怀着某种恐怖默默无言，倾听着垂危病人大声嘶哑地喘息着。

枕头边的蜡烛强烈照射着挂在壁炉旁粉红色和露出微笑的一幅年轻人肖像。

一股难以忍受的气味从床上冒出来。我掀开毯子，握住巴尔扎克的手。它布满了汗。我捏紧这只手，他对挤压没有回应。

一个月前，正是在这个房间，我来拜访他。他很高兴，满怀希望，不怀疑会复原，笑着指出他的肿胀。

我们对政治谈论和争论得很多。他责备我"蛊惑人心的宣传"。他是正统主义者。他对我说："您怎么能这样平静地放弃这个仅次于法国国王头衔的最美的法国贵族院议员头衔呢？"

他这样对我说："我拥有德·博永先生的房子，除去花园，但加上街角那座小教堂的圣楼。我的楼梯上有扇门开向教堂。钥匙一转，我就能做弥撒，我更看重圣楼而不是花园。"

我跟他分手时，他送我走到这道楼梯。他走路很艰难，给我指出这道门，他对妻子喊道："尤其要让雨果看看我所有的画。"

女看护对我说："他在天亮时就会断气的。"

我下楼时脑际带走这苍白的脸；穿过客厅时，我又看到一动不动、冷漠无情、傲视一切、隐约闪光的胸像，我将死和不朽作比较。

回到家里，这是一个星期天，我看到几个人在等我，其中有土耳其代办黎查·贝、西班牙诗人纳瓦雷特和意大利流亡者阿里瓦贝纳伯爵。我对他们说：诸位，欧洲即将失去一个伟才。

他在夜里与世长辞，享年五十一岁。

下葬是在星期三。

他先停放在博永小教堂，他经过这扇门：唯有这扇门的钥匙，对他来说，比以往的包税人所有的天堂似的花园更为宝贵。

他谢世那一天，吉罗雕塑他的肖像。人们本想浇铸他的面模，但是无法做到，面孔毁坏得很快。他去世的第二天早上，赶来的模塑工人发现脸孔已毁败，鼻子塌倒在脸颊上。人们把他放进包铅的橡木棺材里。

宗教仪式是在圣菲利普－杜－鲁勒教堂进行的。我站在灵柩旁边寻思，我的二女儿就在这里洗礼。从那天以后，我没有再看过这个教堂。在我们的记忆中，死亡连接出生。

内政部长巴罗什前来参加葬礼。在教堂里他坐在我旁边，追思台前面，他不时同我交谈。

他对我说："这是一个杰出的人。"

我对他说："这是一个天才。"

送葬行列穿过巴黎，经过大街来到拉歇兹神甫公墓。我们从教堂出发和到达墓园时，雨滴往下飘落。这一天，老天爷似乎也洒落几滴眼泪。

我走在灵柩前头的右边，手执柩衣的一根银色流苏。大仲马在另一边。

巴尔扎克雕像 奥诺雷·德·巴尔扎克 (Honore de Balzac)是法国伟大的作家之一，他不仅在法国文学史上具有崇高的地位，而且在世界文学史上也是极具影响的小说家。

我们来到山冈上居高临下的墓穴时，那里有一大片人，道路崎岖不平而又狭窄，几匹马艰难地往上爬，要拉住往下坠的灵柩。我被挤在一只车轮和一座坟墓之间。我差点被车压着。站在坟墓上的观众抓住我的肩膀，把我提到他们身旁。

整个路程我们都是步行。

人们把灵柩放到墓穴里，这个墓穴与沙尔诺迪埃和卡齐米尔德拉维涅为邻。教士念了最后的祈祷，我说了几句话。

在我讲话时，太阳西沉。整个巴黎在我看来处在远处落日辉煌的雾气中。几乎在我脚边，泥土崩塌落在墓穴里，我的讲话被跌落在灵柩上的泥土沉闷的响声打断了。

世间最美的坟墓

（奥地利）茨威格

我在俄国见到的景物再没有比托尔斯泰墓更宏伟、更感人的了。这将被后代怀着敬畏之情朝拜的尊严圣地，远离尘嚣，孤零零地躺在林荫里。顺着一条羊肠小路信步走去，穿过林间空地和灌木丛，便到了墓冢前。这只是一个长方形的土堆而已，无人守护，无人管理，只有几株大树荫庇。他的外孙女给我讲，这些高大挺拔、在初秋的风中微微摇动的树木是托尔斯泰亲手栽种的。小的时候，他的哥哥尼古莱和他听保姆或村妇讲过一个古老传说，提到亲手种树的地方会变成幸福所在。于是他俩就在自己庄园的某块地上栽了几株树苗，这个儿童游戏不久也被忘掉了。托尔斯泰晚年才想起这桩儿时往事和关于幸福的奇妙许诺，饱经忧患的老人突然从中获得了一个新的、更美好的启示，他当即表示愿意将来埋骨于那些他亲手栽种的树木之下。

后来就这样办了，完全按照托尔斯泰的愿望；他的坟墓成了世间最美的、给人印象最深刻的、最感人的坟墓。它只是树林中的一个小小的长方形土丘，上面开满鲜花——nulla crux,nulla coroma——没有十字架，没有墓碑，没有墓志铭，连托尔斯泰这个名字也没有。这个比谁都感到受自己的声名所累的伟人，就像偶尔被发现的流浪汉，不为人知的士兵一般，不留名姓地被人埋葬了。谁都可以踏进他最后的安息地，围在四周的稀疏的木栅栏是不关闭的——保护列夫·托尔斯泰得以安息的没有任何别的东西，唯有人们的敬意；而通常，人们却总是怀着好奇，去破坏伟人墓地的宁静。这里，逼人的朴素禁锢住任何一种观赏的闲情，并且不容许你大声说话。风儿在俯临这座无名者之墓的树木之间飒飒响着，和暖的阳光在坟头嬉戏；冬天，白雪温柔地覆盖这片幽暗的土地。无论你在夏天或冬天经过这儿，你都想象不到，这个小小的、隆起的长方形包容着当代最伟大的人物当中的一个。然而，恰恰是不留姓名，比所有挖空心思置办的大理石和奢华装饰更扣人心弦:在今天这个特殊的日子里，成百上千到他的安息地来

的人中间没有一个有勇气，哪怕仅仅从这幽暗的土丘上摘下一朵花留做纪念。人们重新感到，这个世界上再没有比这最后留下的、纪念碑式的朴素更打动人心的了。残废者大教堂大理石穹隆底下拿破仑的墓穴、魏玛公侯之墓中歌德的灵寝、西敏司寺里莎士比亚的石棺，看上去都不像树林中的这个只有风儿低吟，甚至全无人语声，庄严肃穆，感人至深的无名墓冢那样能剧烈震撼每一个人内心深藏着的感情。

我有一个梦想

一百年前，一位伟大的美国人签署了《解放黑奴宣言》，今天我们就是在他的雕像前集会。这一庄严宣言犹如灯塔的光芒，给千百万在那摧残生命的不义之火中受煎熬的黑奴带来了希望。它的到来犹如欢乐的黎明，结束了束缚黑人的漫漫长夜。

然而一百年后的今天，我们必须正视黑人还没有得到自由这一悲惨的事实。一百年后的今天，在种族隔离的镣铐和种族歧视的枷锁下，黑人的生活受压榨。一百年后的今天，黑人仍生活在物质充裕的海洋中一个穷困的孤岛上。一百年后的今天，黑人仍然萎缩在美国社会的角落里，并且意识到自己是故土家园中的流亡者。今天我们在这里集会，就是要把这种骇人听闻的情况公诸于众。

就某种意义而言，今天我们是为了要求兑现诺言而会集到我们国家的首都来的。我们共和国的缔造者草拟宪法和独立宣言的气壮山河的词句时，曾向每一个美国人许下了诺言，他们承诺给予所有的人以生存、自由和追求幸福的不可剥夺的权利。

就有色公民而论，美国显然没有实践它的诺言。美国没有履行这项神圣的义务，只是给黑人开了一张空头支票，支票上盖着"资金不足"的戳子后便退了回来。但是我们不相信正义的银行已经破产，我们不相信，在这个国家巨大的机会之库里已没有足够的储备。因此今天我们要求将支票兑现——这张支票将给予我们宝贵的自由和正义的保障。

我们来到这个圣地也是为了提醒美国，现在是非常急迫的时刻。现在绝非奢谈冷静下来或服用渐进主义的镇静剂的时候；现在是实现民主的诺言时候；现在是从种族隔离的荒凉阴暗的深谷攀登种族平等的光明大道的时候；现在是向上帝所有的儿女开放机会之门的时候；现在是把我们的国家从种族不平等的流沙中拯救出来，置于兄弟情谊的磐石上的时候。

如果美国忽视时间的迫切性和低估黑人的决心，那么，这对美国来说，将是致命伤。自由和平等的爽朗秋天如不到来，黑人义愤填膺的酷暑就不会过去。1963年并不意味着斗争的结束，而是开始。有人希望，黑人只要撒撒气就会满足；如果国家安之若素，毫无反应，这些人必会大失所望的。黑人得不到公民的权利，美国就不可能有安宁或平静，正义的光明的一天不到来，叛乱的旋风就将继续动摇这个国家的基础。

但是对于等候在正义之宫门口的心急如焚的人们，有些话我是必须说的。在争取合法地位的过程中，我们不要采取错误的做法。我们不要为了满足对自由的渴望而抱着敌对和仇恨之杯痛饮。我们斗争时必须永远举止得体，纪律严明。我们不能容许我们的具有崭新内容的抗议蜕变为暴力行动。我们要不断地升华到以精神力量对付物质力量的崇高境界中去。

现在黑人社会充满着了不起的新的战斗精神，但是我们却不能因此而不信任所有的白人。因为我们的许多白人兄弟已经认识到，他们的命运与我们的命运是紧密相连的，他们今天参加游行集会就是明证。他们的自由与我们的自由是息息相关的。我们不能单独行动。

当我们行动时，我们必须保证向前进。我们不能倒退。现在有人问热心民权运动的人："你们什么时候才能满足？"

只要黑人仍然遭受警察难以形容的野蛮迫害，我们就绝不会满足。只要我们在外奔波而疲乏的身躯不能在公路旁的汽车旅馆和城里的旅馆找到住宿之所，我们就绝不会满足。只要黑人的基本活动范围只是从少数民族聚居的小贫民区转移到大贫民区，我们就绝不会满足。只要密西西比仍然有一个黑人不能参加选举，只要纽约有一个黑人认为他投票无济于事，我们就绝不会满足。不！我们现在并不满足，我们将来也不满足，除非正义和公正犹如江海之波涛，汹涌澎湃，滚滚而来。

我并非没有注意到，参加今天集会的人中，有些受尽苦难和折磨，有些刚刚走出窄小的牢房，有些由于寻求自由，曾在居住地惨遭疯狂迫害的打击，并在警察暴行的旋风中摇摇欲坠。你们是人为痛苦的长期受难者。坚持下去吧，要坚决相信，忍受不应得的痛苦是一种赎罪。

让我们回到密西西比去，回到亚拉巴马去，回到南卡罗来纳去，回到佐治亚去，回到路易斯安那去，回到我们北方城市中的贫民区和少数民族居住区去，要心中有数，这种状况是能够也必将改变的。我们不要陷入绝望而不能自拔。

朋友们，今天我对你们说，在此时此刻，我们虽然遭受种种困难和挫折，我仍然有一个梦想。这个梦想是深深扎根于美国的梦想中的。

我梦想有一天，这个国家会站立起来，真正实现其信条的真谛："我们认为这些真理是不言而喻的：人人生而平等。"

我梦想有一天，在佐治亚的红山上，昔日奴隶的儿子将能够和昔日奴隶主的儿子坐在一起，共叙兄弟情谊。我梦想有一天，甚至连密西西比州这个正义匿迹，压迫成风，如同沙漠般的地方，也将变成自由和正义的绿洲。我梦想有一天，我的四个孩子将在一个不是以他们的肤色，而是以他们的品格优劣来评价他们的国度里生活。

我今天有一个梦想。我梦想有一天，亚拉巴马州能够有所转变，尽管该州州长现在仍然满口异议，反对联邦法令，但有朝一日，那里的黑人男孩和女孩将能与白人男孩和女孩情同骨肉，携手并进。我今天有一个梦想。我梦想有一天，幽谷上升，高山下降，坎坷曲折之路成坦途，圣光披露，满照人间。

这就是我们的希望。我怀着这种信念回到南方。有了这个信念，我们将能从绝望之岭劈出一块希望之石。有了这个信念，我们将能把这个国家刺耳的争吵声，改变成为一支洋溢手足之情的优美交响曲。有了这个信念，我们将能一起工作，一起祈祷，一起斗争，一起坐牢，一起维护自由；因为我们知道，终有一天，我们是会自由的。

在自由到来的那一天，上帝的所有儿女们将以新的含义高唱这支歌："我的祖国，美丽的自由之乡，我为您歌唱。您是父辈逝去的地方，您是最初移民的骄傲，让自由之声响彻每个山冈。"

如果美国要成为一个伟大的国家，这个梦想必须实现。让自由之声从新罕布什尔州的巍峨峰巅响起来！让自由之声从纽约州的崇山峻岭响起来！让自由之声从宾夕法尼亚州阿勒格尼山的顶峰响起来！让自由之声从科罗拉多州冰雪覆盖的落基山响起来！让自由之声从加利福尼亚州蜿蜒的群峰响起来！不仅如此，还要让自由之声从佐治亚州的石岭响起来！让自由之声从田纳西州的瞭望山响起来！让自由之声从密西西比的第一座丘陵响起来！让自由之声从

黑人妇女像 伯努瓦斯特夫人 画面中的年轻女子，以右侧式古典坐姿面对观者，黝黑的肤色和古罗马式的衣裙，加之腰间若隐若现的红丝带，更衬托出她高雅的气质。让黑人成为主角，并且表现得如此高贵、优雅，在19世纪初的西方是绝无仅有的。这幅作品算得上是艺术家的"废奴宣言"。

每一片山坡响起来！当我们让自由之声响起来，让自由之声从每一个大小村庄、每一个州和每一个城市响起来时，我们将能够加速这一天的到来，那时，上帝的所有儿女，黑人和白人，犹太教徒和非犹太教徒，耶稣教徒和天主教徒，都将手携手，合唱一首古老的黑人灵歌："终于自由啦！终于自由啦！感谢全能的上帝，我们终于自由啦！"

海 燕

（俄）高尔基

在苍茫的大海上，狂风卷集着乌云。在乌云和大海之间，海燕像黑色的闪电，在高傲地飞翔。

一会儿翅膀碰着波浪，一会儿箭一般地直冲向乌云，它叫喊着——就在这鸟儿勇敢的叫喊声里，乌云听出了欢乐。

在这叫喊声里——充满着对暴风雨的渴望！在这叫喊声里，乌云感到了愤怒的力量、热情的火焰和胜利的信心。

海鸥在暴风雨来临之前呻吟着——呻吟着，在大海上面飞窜，想把自己对暴风雨的恐惧，掩藏到大海深处。

海鸭也呻吟着——这些海鸭呀，享受不了生活的战斗的欢乐:轰隆隆的雷声就把它们吓坏了。

蠢笨的企鹅，胆怯地把肥胖的身体躲藏在悬崖底下……只有那高傲的海燕，勇敢地，自由自在地，在泛起白沫的大海上面飞翔！

乌云越来越暗，越来越低，向海面压下来；而波浪一边歌唱，一边冲向高空，去迎接那雷声。

雷声轰隆，波浪在愤怒的飞沫中呼叫着，跟狂风争吼。看吧，狂风紧紧抱起一层层巨浪，恶狠狠地将它们甩到悬崖上，把这些大块的翡翠摔成尘雾和碎沫。

海燕在叫喊着，飞翔着，像黑色的闪电，箭一般地穿过乌云，翅膀掠起波浪的飞沫。

看吧，它飞舞着，像个精灵——高傲的、黑色的暴风雨的精灵——它一边大笑，它一边号叫……它笑那些乌云，它为欢乐而号叫！

从雷声的震怒里——这个敏感的精灵——它早就听出了困乏，它深信，乌云遮不住太阳——是的，遮不住的。

狂风吼叫……雷声轰轰……

一堆堆乌云，像青色的火焰，在无底的大海上燃烧。大海抓住闪电的箭光，把它们熄灭在自己的深渊里。这些闪电的影子，像一条条火蛇，在大海里蜿蜒游动，一晃就消失了。

"暴风雨！暴风雨就要来啦！"

这是勇敢的海燕在怒吼的大海上，在闪电中间，高傲地飞翔；这是胜利的预言家在叫喊：

"让暴风雨来得更猛烈些吧！……"

蒲公英

〔日本〕壶井荣

提灯笼，掌灯笼，

聘姑娘，扛箱笼……

村里的孩子们一面唱，一面摘下蒲公英，深深吸足了气，"噗"的一声把茸毛吹去。

"提灯笼，掌灯笼，聘姑娘，扛箱笼，噗！"

蒲公英的茸毛像蚂蚁国的小不点儿的降落伞，在使劲吹的一阵人工暴风里，悬空飘舞一阵子，就四下里飞散开，不见了。在春光弥漫的草原上，孩子们找寻成了茸毛的蒲公英，争先恐后地赛跑着。我回忆到自己跟着小伴们在草原上来回奔跑的儿时，也给孩子一般的小儿子，吹个茸毛瞧瞧：

"提灯笼，掌灯笼，聘姑娘，扛箱笼，噗！"

小儿子高兴了，从院里的蒲公英上摘下所有的茸毛来，小嘴里鼓足气吹去。茸毛像鸡虱一般飞舞着，四散在狭小的院子里，有的越过篱笆飞往邻院。

一旦扎下根，不怕遭践踏被蹂躏，还是一回又一回地爬起来，开出小小花朵来！

我爱它忍耐的坚强和朴素的纯美，曾经移植了一棵在院里，如今已经八年了。虽然爱它而移植来的，可是动机并不是为风雅或好玩。在战争激烈的时候，我们不是曾经来回走在田野里寻觅野草吗？那是多么悲惨的年代！一向只当作应时野菜来欣赏的鸡筋菜、芹菜，都不能算野菜，变成美味了。

我们乱切一些现在连名儿都记不起来的野草，掺在一起煮成难吃得碗都懒得端的稀粥来，有几次吃的就是蒲公英。据新闻杂志报导，把蒲公英在开水里烫过，去了苦味就好吃的。我们如法炮制过一次，却再没有勇气去找来吃了。就在这一次把蒲公英找来当菜的时候，我偶然忆起儿时唱的那首童谣，就种了一棵在院子里。

蒲公英当初是不大愿意被迁移的，它紧紧扒住了根旁的土地，因此好像受了很大的伤害，让人以为它枯死；可是过了一个时期，又眼看着有了生气，过了两年居然开出美丽的花来了。原以为浦公英是始终趴在地上的，没想到

移到土壤松软的菜园之后，完全像蔬菜一样，绿油油的嫩叶冲天直上，真是意想不到。蒲公英因为长在路旁，被践踏、被蹂躏，所以才变成了像趴在地上似的姿势吗？

从那以后，我家院子里蒲公英的一族就年复一年地繁殖起来。

"府上真新鲜，把蒲公英种在院子里啦。"

街坊的一位太太来看蒲公英时这样笑我们。其实，我并不是有心栽蒲公英的，只不过任它繁殖罢了。我那个像孩子似的儿子来我家，也和蒲公英一样的偶然。这个刚满周岁的男孩子，比蒲公英迟一年来到我家。

男孩子和紧紧扒住扎根土里，不肯让人拔的蒲公英一样，他初来时万分沮丧，没有一点精神。这个"蒲公英儿子"被夺去了抚养他的大地。战争从这个刚一周岁的孩子身上夺去了父母。我要对这战争留给我家的两个礼物，喊出无声的呼唤：

"须知你们是从被践踏、被蹂躏里，勇敢地生活下来的。今后再遭践踏、再遭蹂躏，还得勇敢地生活下去，却不要再尝那已经尝过的苦难吧。"

我怀着这种情感，和我那孩子一般的小儿子吹着蒲公英的茸毛：

"提灯笼，掌灯笼，聘姑娘，扛箱笼……"

哲思小筑

谈读书

（英）培根

读书足以怡情，足以博采，足以长才。其怡情也，最见于独处幽居之时；其博彩也，最见于高谈阔论之中；其长才也，最见于处世判事之际。

练达之士虽能分别处理细事或一一判别枝节，然纵观

统筹，全局策划，则舍好学深思者莫属。读书费时过多易惰，文采藻饰太盛则矫，全凭条文断事乃学究故态。

读书补天然之不足，经验又补读书之不足，盖天生才干犹如自然花草，读书然后知如何修剪移接；而书中所示，如不以经验范之，则又大而无当。

狡黠者鄙读书，无知者羡读书，唯明智之士用读书，然书并不以用处告人，用书之智不在书中，而在书外，全凭观察得之。

读书时不可存心诘难读者，不可尽信书上所言，亦不可只为寻章摘句，而应推敲细思。

书有可浅尝者，有可吞食者，少数则须咀嚼消化。换言之，有只需读其部分者，有只须大体涉猎者，少数则须全读，读时须全神贯注，孜孜不倦。书亦可请人代读，取其所作摘要，但只限题材较次或价值不高者，否则书经提

炼犹如水经蒸馏，淡而无味。

读书使人充实，讨论使人机智，笔记使人准确。因此不常做笔记者须记忆力特强，不常讨论者须天生聪颖，不常读书者须欺世有术，始能无知而显有知。

读史使人明智，读诗使人灵秀，数学使人周密，科学使人深刻，伦理学使人庄重，逻辑修辞之学使人善辩：凡有所学，皆成性格。

人之才智但有滞碍，无不可读适当之书使之顺畅，一如身体百病，皆可借相宜之运动除之。滚球利睾肾，射箭利胸肺，慢步利肠胃，骑术利头脑，诸如此类。如智力不集中，可令读数学，盖演题需全神贯注，稍有分散即须重演；如不能辨异，可令读经院哲学，盖是辈皆吹毛求疵之人；如不善求同，不善以一物阐证另一物，可令读律师之案卷。如此头脑中凡有缺陷，皆有特效可医。

西西弗斯的神话

（法）加缪

西西弗斯遭受天谴，诸神命他昼夜不休地推滚巨石上山。到达山巅时，由于巨石本身的重量，又滚了下来。由于某个理由，他们认为，没有一种比徒劳无功和毫无指望的苦役更为可怕的刑罚了。

荷马说，西西弗斯是最智虑明达的凡人。然而，根据另一个传说，他干的却是绿林好汉拦路打劫的勾当。我认为这两种说法并无二致。至于他为何被打入阴间干那徒劳的苦活儿，却是众说纷纭。有人说他曾对诸神施以轻蔑，偷走了他们的秘密，河神伊索普斯之女伊琴娜为天帝朱比特所掳，做父亲的伊索普斯遭此创痛，心忧如焚，乃向西西弗斯诉苦。西西弗斯知道这桩诱拐案的个中原委，愿意说出真相，但他要求河神赐给柯林斯的城堡一个水源，作为交换条件。他不要天上的雷霆，但求神水的恩典。因为他泄露了天帝的秘密，所以被打入阴曹地府受罪。荷马说，西西弗斯曾一度把死神给加上镣铐。阎罗王受不了他黄泉殿的萧条景象，便派遣战神出兵，把死神从他征服者的桎梏中救了出来。

据说，西西弗斯行将就木的时候，轻率地想出一个法子考验他老婆的爱情。他命令她把他未入殓的尸体甩到公共广场的中央。西西弗斯在阴间醒来，他对这个不合人情的三从四德十分懊恼，乃求得阎王的同意回到人世来惩罚他的老婆。但是当他重见到地面的景色，享受了阳光和水的滋育，亲炙了大海和石头的温暖之后，便不愿再回到黑黝阴森的地府。阎王的召唤、愤怒和警告都不生效。面对着海湾的曲线、闪烁的海洋和大地的微笑，他又活了好几年。诸神不得不作宣判。信使神麦邱利被遣来，揪住这莽小子的领子，把他从乐不思蜀的境界中硬拖了回去。再降阴间时，大石头已经准备好了。

您已经猜到西西弗斯就是荒谬的主人翁。确实不错，无论就他的热情或他的苦刑来说，他都是个地道的荒谬人物。他对诸神的蔑视，对死亡的仇恨，以及对使命的热爱，使他赢得这难以形容的报应，这报应使他用尽全力而毫无所成。这就是对尘世的热爱所必须付出的代价。至于西西弗斯在阴间的情形，他们毫无所悉。神话需要想象力的润色，给它们赋予生命。至于这个神话，人们只能看见一个人鼓足全身之力滚动着巨石，紧贴着巨石的面颊，肩膀承受住布满泥土的庞然巨物，双脚深陷入泥中，两臂伸展开来，重新推动，支撑全身安危的一双泥泞的手。到了以漫无穹苍的空间和毫无深度的时间才能度量的那漫长辛劳的尽头时，目的达到了。然后，西西弗斯眼睁睁地看到那块巨石以迅雷不及掩耳之势滚下山去，他得再从头往上推起，推向山巅。他再度回到了山下的无垠平壤。

使他感到兴趣的是西西弗斯一驻足，再回首的那顷刻。一张如此紧贴着石块的面庞，其本身也已僵化为石了！我见到那人拖着沉重但规律的步伐踱下山冈，走向永无止境的酷刑。那歇息的一刻，如同他的苦难一般确凿，仍将再回来，那正是他恢复意识的一刻。每当他离开山巅，踽踽步向诸神的居处时，他便超越了命运。他比那块千钧磐石更为坚强。

如果说这个神话具有悲剧性，那是因为它的主人翁具有意识。假如他每跨一步，成功的希望都在支撑着他，那么他的苦刑还算什么？今天的工人毕生做着同样的工作，其荒谬与前者相差又有几何？但是只有偶尔当它成为有意识行为时，其悲剧性才呈现出来。西西弗斯是诸神脚下的普罗阶级，他权小力微，却桀骜不驯，他明白自己整个的悲惨状态：在他踽跚下山的途中，他思量着自己的境况。这点构成他酷刑的清明状态，同时也给他加上了胜利的冠冕。蔑视能克服任何命运。

下山时，他有时会沉浸在悲哀之中，然而，他也会感到喜悦。喜悦一向并无不当。我再度想到西西弗斯回向巨石，他的悲哀正在开始。当尘世的景象紧缠记忆之时，幸福的召唤如暮鼓频催之时，人心中的忧郁之情乃油然而生：这就是巨石的胜利，这就是巨石的本身。无边的哀愁沉重得无法忍受：这就是我们的受难夜。但一旦我们认命时，沉重的事实便破碎无存。因此，俄狄浦斯一开始便不知不觉地顺从了命运。但是一旦知道了真相，他的悲剧便宣告开始。就在那失明和绝望的一刻，他了解到，唯一使他和人世联系的却是一个女孩冰凉的小手，然后他发表了一个惊人的宣言："纵经如许磨难，我迟暮之年与崇高之灵魂使我得到一个结论：一切都很好。"索福克勒斯之俄狄浦斯，正如同陀思妥也夫斯基的克瑞洛夫一样，提出了荒谬制胜的秘方。古代的智慧肯定了现代的英雄思想。

一旦人们发现了荒谬的真相，便禁不住地写一本幸福手册。"什么！经由这么狭窄的途径？——"然后，世界仅有一个。幸福与荒谬是大地的两个儿子。他们是不可分割的。如果说幸福必然产生于荒谬的发现，那是错误的：荒谬感亦可能产生于幸福。"我的结论是一切都很好"，俄狄浦斯如是说，那是一个神圣的告示。它回响在人类野蛮和狭窄的宇宙中。它教训我们道：一切都没有——从来都没有——被耗尽。它把带来不满和无谓苦难的那个神灵逐出人世。它把命运造成人间事务，必须由人类自己解决。

　　西西弗斯一切沉寂的喜悦均包容于此。他的命运属于自己，那块石头为他所有。同样地，当荒谬的人思量着自身的苦刑时，一切偶像都噤若寒蝉。当宇宙突然恢复了沉寂时，世间无数的诧异之声会轰然而起。无意识的、秘密的呼唤，千万面孔所发出的邀请，他们都是胜利的必然逆转和必然代价。没有无阴影的太阳，同时，我们必须认

识夜晚。荒谬的人首肯，他的努力将夙夜匪懈。假如有个人的命运，就不会有更高的命运。即使有，也只有一种他认为是不可避免且不足挂齿的命运。至于其余的一切，他明白自己是其一生的主宰。当人回顾人生旅程那微妙的一刻，西西弗斯走回巨石，在那微小的轴承上，他思量着那一串毫不相关的行为。这些行为构成了他的命运，由他创造而成，在他记忆的眼中结合而成，不久将由他的死亡缄封。由于相信百般人事之原委属于人本身，因此一个盲人乃渴见天日，虽然也知道长夜无尽，他仍然努力不懈。巨石仍然在滚动着。

我就让西西弗斯留在山脚下！一个人总是会再发现他的重负。但西西弗斯教导我们以更高的忠贞否定诸神，举起巨石。他也下了一个"一切皆善"的结论。对他说来，没有主宰的宇宙既不贫瘠，也不徒劳。石头的每一个原子，夜色朦胧的山上的每一片矿岩，本身就是一个世界，奋斗上山此事本身已足以使人心充实。我们应当认为西西弗斯是快乐的。

对 岸

（印度）泰戈尔

我渴望到河的对岸去，

在那边，好些船只一行儿系在竹竿上；

人们在早晨乘船渡过那边去，肩上扛着犁头，去耕耘他们的远处的田；

在那边，牧人使他们鸣叫着的牛游到河旁的牧场去；

黄昏的时候，他们都回家了，只留下豺狼在这长满着野草的岛上哀叫。

妈妈，如果你不在意，我长大的时候，要做这渡船的船夫。

据说有好些古怪的池塘藏在这个高岸之后。

雨过去了，一群一群的野鹜飞到那里去。

茂盛的芦苇在岸边四周生长，水鸟在那里生蛋；

竹鸡带着跳舞的尾巴，将它们细小的足印在洁净的软泥上；

黄昏的时候，长草顶着白花，邀月光在长草的波浪上浮游。

妈妈，如果你不在意，我长大的时候，要做这渡船的船夫。

我要自此岸至彼岸，渡过来，渡过去，所有村中正在那儿沐浴的男孩女孩，都要诧异地望着我。

太阳升到中天，早晨变为正午了，我将跑到你那里去，说道："妈妈，我饿了！"

一天完了，影子俯伏在树底下，我便要在黄昏中回家来。

我将永不像爸爸那样，离开你到城里去做事。

妈妈，如果你不在意，我长大的时候，要做这渡船的船夫。

时 钟

（法）波特莱尔

中国人能在猫眼里看到时辰。

有一天，一个传教士在南京城外闲步着，发现自己忘记带表，于是他问一个小孩子那时是什么时候。

天国的顽童起初犹疑着，随后，他高兴起来，回答道："我就来告诉你。"过不多久，他回转来了，怀里抱着一只很大的猫，他正面注视着它，毫不踌躇地断定道："现在还没有完全到正午。"他的话是没有说错的。

至于我呢，如果我像那漂亮的慧灵，那名字取得那么恰当，那女性的光荣，同时又是我的心的骄傲，我的精神的芳香的慧灵，俯下身子时，不论是在夜晚或是白天，在辉煌的阳光底下，或是暗黑的阴影里，我始终在她那对可爱的眼睛的深处，分明地瞧出时辰，一种老是相同的、渺茫的、庄严的，和空间一样大的，没有分和秒的区别的时辰——一种在时钟上看不出来的，静止的，却又像一口气一般轻微，一闪眼一般迅捷的时辰。

当我的眼光落在这愉快的时钟面上时，如果有什么讨厌的人来打扰我，如果有什么无礼的、没有涵养的精灵，有什么时机不好的魔鬼跑来对我说："你这样聚精会神地在那儿瞧着什么？你在这人的眼睛里寻找什么？你在那里看到时辰吗，放荡而又怠惰的人啊？"我会毫不踌躇地回答："是啊，我看到时辰；那即是永恒！"

这不是一首确有价值的，并且和你本人一样夸大的情歌吗，太太？因为我绣造这篇矫饰的媚辞时，曾经那样高兴过，所以我决不问你要什么来作交换。

鼠　笼

（法）罗曼·罗兰

在我小时候，心中头一个疑问就是："我是打哪儿来的？人家把我关在什么地方了？……"

我出生在一个小康的中产家庭里，周围有爱我的亲人，这个家庭处在一个景物宜人的地方，到后来我对那地方也曾回味过，也曾借着我考拉的声音赞颂过那种喜洋洋的土风。

我怎么会在刚踏进人生的小小年纪，头一个最强烈最持久的感触就是——又暧昧，又烦乱，有时候顽强，有时候不得不忍受的："我是一个囚犯！"

佛朗索瓦一世，走进我们克拉美西圣·马丹古寺那个不大稳固的教堂的时候，说过这样的话："这可真是个漂亮的鼠笼！"——这是根据传说——我当时就是在鼠笼里的。

最先是眼前的印象：目光所及的头一个境界：一所院子，相当的宽广，铺砌着石头，当中有一块花畦，房子的三堵墙围绕着三面，墙对我显得非常的高。第四面是街道和对街的屋宇，这些都和我们隔着一道运河。虽然这方方的院子是坐落在临水的平台之上，可是对幽禁在底层屋子的孩子看来，它就像是动物园围墙脚下的一个深坑。

一个最切身的印象是童年的疾病和娇弱的体质。虽然我有康健的父母，富于抵抗力的血统（姓罗兰和姓古洛的都是高大、骨骼外露、没有生理的缺陷、天生耗不完的精力，使得他们一辈子硬朗、勤快，都能够活到高年。我的外祖父母满不在乎地活到八十以上，我写这篇文章的时候，我八十八岁的老父正在那里兴致勃勃地浇他的花园）。他们的身子骨在什么情形下都经得住疲乏和劳碌生活的考验，我的身子骨也和他们没什么两样，可是，在我襁褓时期却出了件意外的事，一直影响了我的一生，给我带来痛苦的后果。那是在我未满周岁的时候，一个年轻女仆一时粗心，把我丢在冬天的寒气里，这件事险些葬送了我的性命，而且给我种下支气管衰弱和气喘的毛病。人家从我的作品里，常常可以看到那些"呼吸方面的"词藻："窒闷""敞开的窗户""户外的自由空气""英雄的气息"——这些都是无心迸发出来的，好像是飞翔受了挫折时的挣扎。这只鸟在扑着翅膀，要不就是胸脯受了伤，困在那里，满腹焦躁地缩作了一团。

最后是精神方面的印象，强烈而又沁入心脾。我在十岁以前，一直是被死的念头包围着的——死神到过我的家，击倒了我一个年纪很小的妹妹（我下文还要说到她）。她的影子常驻在我们家里没有消散。挚情的母亲，对这件伤心事总是不能淡忘，如醉如痴地追想着那个夭殇的孩子。而我呢，眼看着她没有两天就消失了，又老看着我母亲那么一心一意地牵记着她。死的念头始终在围着我打转，尽管在我那个年纪是多么心不在焉，只想着溜掉，可是恰恰因为我十岁或十二岁以前一直是多灾多病的，所以就更加暴露了弱点，使得那个念头容易乘虚而入了。接二连三的伤风、支气管炎、喉病、难止的鼻血，把我对生活的热情断送得一干二净。我在小床上反复叫着："我不要死啊！"

而我母亲泪汪汪地抱紧了我，回答说："不会的，我的孩子，善心的上帝不会连你也从我手里夺去的。"

我对这话只是半信半疑：因为要说到上帝的话，我只知道从我人生第一步起他就滥用过威力，别的我还知道什么呢？当时我还不懂，我对于上帝的最清楚的见解，也就是园丁对他主人的见解：

老实人说：这都是君王的把戏。

……

向那些为王的求助，你就成了大大的傻子。

你永远也别让他们走进你的园地。

古老的房屋，呼吸困难的胸腔，死亡凶兆的包围，在这三重监狱之中，我幼年时期初步的自觉，仰仗着母亲惴惴不安的爱护而萌动起来。脆弱的植物和庭前墙角抽华吐萼的紫藤与茄花正像是同科的姊妹。朝荣夕萎的唇瓣上所发出的浓香，混合着呆滞的运河里的腻人气息。这两种花在土地里植根，朝着光明舒展，小小的囚徒也像她们一样，带着盲目的可是还半眠半醒的本能，在空中暗自摸索，要找一条无形的出路来使自己脱逃。

最近的出路是那道暗沉沉的运河，它沿着平台的矮墙，我倚在墙头。河水浑腻而青绿，没有波纹，河上载着深凹的重船，瘦弱的纤夫几乎要倾着全身的重量来扑到地上。船栏杆上缆绳的摩擦隐约可闻。一座转桥轧铄作声，缓缓地旋动开来。船舱的小天窗上摆着一盆石榴红，从船舱里，一缕青烟在冉冉上升。舱口坐着一个女人，默默无语，缝补着活计，这时徐徐抬起头来，朝着我漠然看了一眼。船过去了……而我呢，我倚在墙头，看见墙和我一同过去。我们把那只船撇在后头了，我们漂开了。越漂越远，到了无垠的广漠。没有一丝振荡，没有一丝簸动，悠悠荡荡的，仿佛我们也像黑夜的天空一样，老是这么着，在永恒里自在滑翔。随后我们又发觉了，墙和我还是在原来的地方做着梦。船却走了。它到得了目的地吗？另一只船接着又过来了，仿佛还是先前的那一只……

　　另外一条出路，更加自由而没有障碍：就是天空。——小孩子常常仰起脸来，望着飘忽的云，听着呢喃的燕语。一大片一大片的白云，在孩子的心目中都幻成光怪陆离的建筑物（那是他初次着手的雕塑，小小的创作家是把空气当黏土来塑的）。至于那些凶险的密云，法兰西中部夹着霹雷的倾盆暴雨，那就更不用说了。风云起处，来了害人的对头，造物主双眉紧皱，向孱弱的小囚徒重新

关起天上的窗板……可是救星来了，就像是女巫的手指为我打开那旷野上的天窗……听，钟声响了，这正是圣·马丹寺的钟声！在《约翰·克利斯朵夫》的开头几页，也有这钟声在歌唱着。我未觉醒的心灵里，早就铭记住它的音乐了。在我的屋顶上面，这些钟声从古老大教堂透雕的钟楼里面袅袅而出。但这些教堂的歌鸟却没有使我想到教堂。以后我再说说我和教堂中神祇的关系。我们的关系是冷淡的，客气的，疏远的。尽管我认真努力，我也没法和神祇接近。神懂得我怎样地找过他啊！可是懂得我心事的神绝不是那个神。这是向我倾听的神——为了要这个神向我倾听，我才特意把他创造出来，在我的一生中，我始终不断地向他皈依，这个神是在翱翔着的歌鸟身上的，也就是钟声，而且是在太空里的。不是圣·马丹寺高居在雕饰的拱门之上，蜷缩在他鼠笼之内的那个上帝，而是"自由之神"。——自然，在那个时期，我对他翅膀的大小是毫无所知的。我只听见那两个翅膀在寥廓的高空中鼓动。可是我却断不定它们是否比那些白云更为真实。它们是我一个怀乡梦，这个怀乡梦为我打开一线天光，转瞬就匆匆飞逝，让笼门又在我生命的暗窟上关闭了……很久很久以后（这情形留待将来再说吧）我爬，我推，我用前额来顶开那个笼门；在空阔的海面上，我又找到了那钟声的余韵。但是直到青春期为止，我始终是在那个紧闭的暗窟里摸索着的——我指的是布尔戈涅那个又大又美的暗窟，那暗窟就像是一所地窖，酒桶排列成行，桶里装着美酒，桶上结着蛛网。在那里面，除了一个女人，别的人都是逍遥自在的，我听到他们的笑声，正如我们本乡人那么会笑一样。我并不是瞧不起这种欢笑和豪饮……可是，窟外有的是阳光啊！……那真的是阳光吗？（但愿我能够知道就好了）要不就是夜景吧？……既然那些身强力壮的人没有一个想要离开，我知道自己软弱，也就失掉了勇气，留守在我的一隅。

我十六七岁读到《哈姆莱特》的时候，那些亲切的词句在我那暗窟的拱顶下引起了怎样的共鸣啊！

"我的好朋友们，你们什么事得罪了命运，她才把你们送进这监狱里来了？"

"监狱里！"

"丹麦就是一所监狱。"

"那么整个世界也是一所监狱。"

"一所大的监狱，里面有许多监房，暗室，地牢……"

当真的，再往下读，一句话，一句神咒般的话打开了我无穷的希望："上帝啊！就是把我关在一个胡桃壳里，我也会把自己当做拥有无限空间的君王。"

这就是我一生的历史。

我一回顾那遥远的年代，最使我惊异的就是"自我"的庞大。从刚离开混沌状态的那一刻起，它就勃然滋长，像是一朵大大的漫过池面的莲花。小孩子是不能像我现在这样来估计它的大小的，因为只有在人生的壁垒上碰过之后，对自我的大小才会有些数目；高举在天水之间的莲花，本来是铺展的，不可限量的，这座壁垒却逼得它把红衣掩闭起来。随着身体的生长，在许多岁月中受尽了反复的考验，这样一来，身体是越来越大了，自我却越来越小了。只有在青年期快完的时候，自我才完全控制住它的躯壳。可是这种生命初期充塞于天地之间的丰富饱满，以后

最美的散文（世界卷）

○九五

就一去而不可再得了。一个婴儿的精神生命和他细小的身材是不相称的。但是难得有几道电光，射进我远在天边的朦胧的记忆，还使我看到巨大的自我，据在小小的生命里南面称王。

以下是这些光芒中的一道——不是离我最远的（还有别的光芒照到我三岁的时候，甚至更早），而是最深入我心的。

我年方五岁。我有个妹妹，是第一个叫玛德玲的，她比我小两岁。那时是1871年6月底，我们随着母亲在阿尔卡旬海滨。几天以来，这孩子一直是懒洋洋的，她的精神已经委顿下去。一个庸医不晓得去诊断出她潜伏的病根，我们也没想到过不上几天她就会离开我们了。有一次，她来到了海边：那天刮着风，有太阳，我和别的孩子在那里玩着；可是她没有参加，她坐在沙土上面的一把小柳条椅上，一言不发，看着男孩子们在争争吵吵，闹闹嚷嚷。我没有别的孩子那么强壮，被人家排挤出来，噘着嘴，抽抽咽咽的，自然而然走到这女孩子的脚边——那双悬着的小脚还够不着地；我把脸靠着她裙子，一面哼哼唧唧，一面拨弄着沙土。于是她用小手轻轻地抚弄着我的头发，向我说："我可怜的小曼曼……"

我的眼泪收住了，我也不知是受了什么打动。我朝她抬起眼来；我看见她又怜爱又凄怆的脸。当时的情形不过如此。过了一会儿，我对这些就再也不想看了。——可是，我要想她一辈子哪……

这个三岁的小姑娘，她那略微大了些的脸庞，她淡蓝的眼珠，她又长又美的金发，那是我母亲引以自豪的——她蓝白两色交织的斜方格裙子，上部敞着露出雪白的衬衫，她悬宕着的小腿，腿上穿着粗白袜子和圆头羔皮鞋……她的声音充满了怜悯，她放在我头上的柔软的手，她惆怅的眼光……这些都直透进我的心坎。刹那间我仿佛受到了某一种启示，那是从比她更高远的地方来的。是什么呢？我也说不上来。小动物什么都不摆在心上，受了别的吸引，就把这些忘得一干二净了。

我们回到了住所。太阳在海面上落了下去。那一天正是小玛德玲在世的最后一天。咽喉炎当夜就把她带走了。在旅馆的那间窒闷的屋子里，她临死挣扎六个钟头。人家把我和她隔开了。我所看到的只是盖紧的棺材，和我母亲从她头上剪下来的一绺金发。母亲疯了似的，连哭带喊，不许别人把她抬走……

过了几天，也许就是第二天，我们回家去了。现在我眼前还看得见那个载着我们的火车厢；那些人，那些风景，那些使我惶恐不安的隧道，整个占满了我的心思。根本就没什么悲哀。离开那个我所不喜欢的海，我心里没有

一点遗憾；我也离开了在那个海边发生的不愉快的事；我把一切都撇在脑后，一切似乎都烟消云散了……

但是那个坐在海边的小姑娘，她的手，她的声音，她的眼光——从来也没离开过我。好像这些都镂刻进我的肌骨似的！那时她不到四岁，我也还不到五岁，不知不觉的，两颗心在这次永诀中融合在一起了。我们两个是超出时间之外的。我们从那时起，紧靠着成长起来，彼此真是寸步不离。因为差不多每天晚上临睡之前，我总要向她吐诉出一段还不成熟的思想。而且我还从她身上认出了"启示"，她就是传达了那启示的脆弱的使者——这启示就是：在她从尘世过境中的那个通灵的一刹那间，纯净的结合使我俩融为一体，这个结合在我心里引起的神圣的感觉——也就是人类的"同情"。

在我所著的《女朋友们》的卷尾，当葛拉齐亚在客厅大镜子里出现的时候，可以看到我对这道光芒的淡薄的追忆。

天　鹅

（法）布封

　　在任何社会里，不管是禽兽的或人类的社会，从前都是暴力造成霸主，现在却是仁德造成贤君。地上的狮、虎，空中的鹰、鹫，都只以善战称雄，以逞强行凶统治群众；而天鹅就不是这样，它在水上为王，是凭着一切足以缔造太平世界的美德，如高尚、尊严、仁厚等等。它有威势，有力量，有勇气，但又有不滥用权威的意志、非自卫不用武力的决心；它能战斗，能取胜，却从不攻击别人。作为水禽界里爱好和平的君王，它敢于与空中的霸主对抗，它等待着鹰来袭击，不招惹它，却也不惧怕它。它的强劲的翅膀就是它的盾牌，它以羽毛的坚韧、翅膀的频繁扑击对付着鹰的嘴爪，打退鹰的进攻。它奋力的结果常常是获得胜利。而且，它也只有这一个骄傲的敌人，其他善战的禽类没一个不尊敬它。它与整个的自然界都是和平共处的：在那些种类繁多的水禽中，与其说它是以君主的身份监临着，毋宁说是以朋友的身份看待着，而那些水禽仿佛个个都俯首帖耳地归顺它。它只是一个太平共和国的领袖，是一个太平共和国的首席居民，它赋予别人多少，也就只向别人要求多少，它所希冀的只是宁静与自由。对这样的一个元首，全国公民自然是无可畏惧的了。

天鹅的面目优雅，形状妍美，与它那种温和的天性正好相称。它叫谁看了都顺眼。凡是它所到之处，它都成了这地方的点缀品，使这地方美化，人人喜爱它，人人欢迎它，人人欣赏它。任何禽类都不配这样地受人钟爱：原来大自然对于任何禽类都没有赋予这样多的高贵而柔和的优美，使我们意识到它创造物类竟能达到这样妍丽的程度。那俊秀的身段、圆润的形貌、优美的线条、皎洁的白色，婉转的、传神的动作，忽而兴致勃发、忽而悠然忘形的姿态。总之，天鹅身上的一切都散布着我们欣赏优雅与妍美时所感到的那种舒畅、那种陶醉，一切都使人觉得它不同凡俗，一切都描绘出它是爱情之鸟；古代神话把这个媚人的鸟说成为天下第一美女的父亲，一切都证明这个富有才情与风趣的神话是很有根据的。

我们看见它那种雍容自在的样子，看见它在水上活动得那么轻便，那么自由，就不能不承认它不但是羽族里第一名善航者，并且是大自然提供给我们的航行术的最美的模型。可不是嘛，它的颈子高高的，胸脯挺挺的、圆圆的，就仿佛是破浪前进的船头；它的宽广的腹部就像船底；它的身子为了便于疾驰，向前倾着，愈向前就愈挺起，最后翘得高高的就像船舮；尾巴是道地的舵；脚就是宽阔的桨；它的一对大翅膀在风前半张着，微微

地鼓起来，这就是帆，它们推着这艘活的船舶，连船带驾驶者一起推着跑。

　　天鹅知道自己高贵，所以很自豪；知道自己美丽，所以很自好。它仿佛故意摆出它的全部优点：它那样儿就像是要博得人家赞美，引起人家注目。而事实上，它也真是令人百看不厌的，不管是我们从远处看它成群地在浩瀚的烟波中，和有翅的船队一般，自由自在地游着；或者是它应着召唤的信号，独自离开船队，游近岸旁，以种种柔和、婉转、妍媚的动作，显出它的美色，施出它的娇态，供人们仔细欣赏。

　　天鹅既有天生的美质，又有自由的美德：它不在我们所能强制或幽禁的那些奴隶之列。它无拘无束地生活在我们的池沼里，如果它不能享受到足够的独立，使它有奴役俘囚之感，它就不会逗留在那里，不会在那里安顿下去。它要任意地在水上遍处遨游，或到岸旁着陆，或离岸游到水中央，或者沿着水边来到岸脚下栖息，藏到灯心草丛中，钻到最偏僻的港湾里，然后又离开它的幽居，回到有人的地方，享受着与人相处的乐趣——它似乎是很欢喜接近人的，只要它在我们这方面发现的是它的居停和朋友，而不是它的主子和暴君。

　　天鹅在一切方面都高于家鹅一等，家鹅只以野草和籽粒为生，天鹅却会找到一种比较精美的、不平凡的食料。它不断地用妙计捕捉鱼类，它做出无数的不同姿态以求捕捉的成功，并尽量利用它的灵巧与气力。它会避开或抵抗它的敌人：一只老天鹅在水里，连一匹最强大的狗也不怕，它用翅膀一击，连人腿都能打断，其迅疾、猛烈可想而知。总之，天鹅似乎是不怕任何暗算、任何攻击的，因为它的勇敢程度不亚于它的灵巧与气力。

驯天鹅的惯常叫声与其说是响亮的，毋宁说是浑浊的；那是一种哮喘声，十分像俗语所谓的"猫咒天"，古罗马人用一个谐声词"独楞散"表示出来，听着那种音调，就觉得它仿佛是在恫吓，或是在愤怒。古人之所以能描写出那些和鸣锵锵的天鹅，使它们那么受人赞美，显然不是拿一些像我们驯养的这种几乎喑哑的天鹅做蓝本的。我们觉得野天鹅曾较好地保持着它的天赋美质，它有充分自由的感觉，同时也就有充分自由的音调。可不，我们在它的鸣叫里，或者说在它的喉咙里，可以听得出一种有节奏、有曲折的歌声，有如军号的响亮，不过这种尖锐的、少变换的音调远抵不上我们的鸣禽的那种温柔的和声与悠扬朗润的变化罢了。

此外，古人不仅把天鹅说成为一个神奇的歌手，他

们还认为，在一切临终时有所感触的生物中，只有天鹅会在弥留时歌唱，用和谐的声音作为最后叹息的前奏。据他们说，天鹅发出这样柔和、这样动人的声调，是在它将要断气的时候，它是要对生命做一个哀痛而深情的告别。这种声调，如怨如诉，低沉地、悲伤地、凄黯地构成它自己的丧歌。他们又说，人们可以听到这种歌声，是在朝曦初上、风浪既平的时候，甚至于有人还看到许多天鹅唱着自己的挽歌，在音乐声中气绝了。在自然史上没有一个杜撰的故事，在古代社会里没有一则寓言比这个传说更被人赞美、更被人重述、更被人相信的了，它控制了古希腊人的活泼而敏感的想象力：诗人也好，演说家也好，乃至哲学家，都接受着这个传说，认为这事实实在太美了，根本不愿意怀疑它。我们应该原谅他们杜撰这种寓言，这些寓言真是可爱，也真是动人，其价值远在那些可悲的、枯燥的史实之上，对于敏感的心灵来说，这都是些慰藉的比喻。无疑地，天鹅并不歌唱自己的死亡。但是，每逢谈到一个大天才临终前所做的最后一次飞扬、最后一次辉煌表现的时候，人们总是无限感慨地想到这样一句动人的成语："这是天鹅之歌！"

农 舍

（德）黑塞

我在这幢房屋边上告别。我将很久看不到这样的房屋了。我走近阿尔卑斯山口，北方的、德国的建筑款式，连同德国的风景和德国的语言都到此结束。

跨越这样的边界，有多美啊！从好多方面来看，流浪者是一个原始的人，一如游牧民较之农民更为原始。尽管如此，克服定居的习性，鄙视边界，会使像我这种类型的人成为指向未来的路标。如果有许多人，像我似的由心底里鄙视国界，那就不会再有战争与封锁。可憎的莫过于边界，无聊的也莫过于边界。它们同大炮，同将军们一样，只要理性、人道与和平占着优势，人们就感觉不到它们的存在，无视它们而微笑——但是，一旦战争爆发，疯狂发作，它们就变得重要和神圣。在战争的年代里，它们成了我们流浪人的囹圄和痛苦！让它们见鬼去吧！

我把这幢房屋画在笔记本上，目光跟德国的屋顶、德国的木骨架和山墙，跟某些亲切的、家乡的景物一一告别。我怀着格外强烈的情意再一次热爱家乡的一切，因为这是在告别。明天我将去爱另一种屋顶，另一种农舍。我不会像情书中所说的那样，把我的心留在这里。啊，不，我将带走我的心，在山那边我也每时每刻需要它。因为我是一个游牧民，不是农民。我是背离、变迁、幻想的崇敬者。我不屑于把我的爱钉死在地球的某一点上。我始终只把我们所爱的事物视作一个譬喻。如果我们的爱被钩住在什么上面，并且变成了忠诚和德行，我就觉得这样的爱是可怀疑的。

再见，农民！再见，有产业的和定居的人、忠诚的和有德行的人！我可以爱他，我可以尊敬他，我可以嫉妒他。但是我为模仿他的德行，已花费了半辈子的光阴。我本非那样的人，我却想要成为那样的人。我虽然想要成为一个诗人，但同时又想成为一个公民。我想要成为一个艺术家和幻想者，但同时又想有德行，有家乡。过了很久以后，我才知道不可能两者兼备和兼得，我才知道自己是个游牧民而不是农民，是个追寻者而不是保管者。长久以来我面对众神和法规苦苦修行，可它们对于我却不过是偶像而已。这是我的错误，这是我的痛苦，这是我对世界的不幸应分担的罪责。由于我曾对自己施加暴力，由于我不敢走上解救的道路，我曾增加了罪过和世界的痛苦。解救的道路不是通向左边，也不是通向右边，它通向自己的心灵，那里只有上帝，那里只有和平。

从山上向我吹来一阵湿润的风，那边蓝色的空中岛屿俯视着下面的另一些国土。在那些天空底下，我将会常常感到幸福，也将会常常怀着乡愁。我这样的完人，无牵挂的流浪者，本来不该有什么乡愁。但我懂得乡愁，我不是完人，我也并不力求成为完人。我要像品尝我的欢乐一般，去品尝我的乡愁。

我往高处走去时迎着的这股风，散发着彼处与远方、

分界线与语言疆界、群山与南方的异香。风中饱含着许诺。再见，小农舍，家乡的田野！我像少年辞别母亲似的同你告别：他知道，这是他辞别母亲而去的时候，他也知道，他永远不可能完完全全地离开她，即使他想这样做也罢。

伟大的渴望

（德）尼采

哦，我的灵魂哟，我已教你说"今天""有一次""先前"，也教你在一切"这"和"那"和"彼"之上跳动着你自己的节奏。

哦，我的灵魂哟，我在一切僻静的角落救你出来，我刷去了你身上的尘土、蜘蛛和黄昏的暗影。

哦，我的灵魂哟，我洗却了你的琐屑的耻辱和鄙陋的道德，我劝你赤裸昂立于太阳之前。

我以名为"心"的暴风雨猛吹在你的汹涌的海上，我吹散了大海上的一切云雾，我甚至于绞杀了名为罪恶的绞杀者。

哦，我的灵魂哟，我给你这权利如同暴风雨一样地说着"否"，如同澄清的苍天一样地说着"是"：现在你如同光一样的宁静，站立，并迎着否定的暴风雨走去。

哦，我的灵魂哟，你恢复了你在创造与非创造以上之自由，并且谁如同你一样知道了未来的贪欲？

哦，我的灵魂哟，我教你侮蔑，那不是如同蛀一样的侮蔑，乃是伟大的、大爱的侮蔑，那种侮蔑，是他最爱之处它最侮蔑。

哦，我的灵魂哟，我被你如是说屈服，所以即使顽石也被你说服；如同太阳一样，太阳说服大海趋向太阳的高迈。

哦，我的灵魂哟，我夺去了你的屈服、叩头和投降；我自己给你以这名称"需要之枢纽"和"命运"。

哦，我的灵魂哟，我已给了你以新名称和光辉灿烂的玩具，我叫你为"命运"，为"循环之循环"，为"时间之中心"，为"蔚蓝的钟"！

哦，我的灵魂哟，我给你一切智慧的饮料，一切新酒，一切记不清年代的智慧之烈酒。

哦，我的灵魂哟，我倾泻一切的太阳，一切的夜，一切的沉默和一切的渴望在你身上——于是我见你繁茂如同葡萄藤。

哦，我的灵魂哟，现在你生长起来，丰富而沉重，如同长满了甜熟的葡萄的葡萄藤——为幸福所充满，你在过盛的丰裕中期待，但仍愧报于你的期待。

哦，我的灵魂哟，再没有比你更仁爱，更丰满和更博大的灵魂！过去和未来之交汇，还有比你更切近的地方吗？

哦，我的灵魂哟，我已给你一切，现在我的两手已空无一物，现在你微笑而忧郁地对我说："我们中谁当受感谢呢？"

给予者不是因为接受者已接受而当感谢的吗？赠贻不就是一种需要吗？接受不就是慈悲吗？

哦，我的灵魂哟，我懂得了你的忧郁之微笑：现在你的过盛的丰裕张开了渴望的两手了！

你的富裕眺望着暴怒的大海，寻觅而且期待：过盛的丰裕之渴望从你的眼光之微笑的天空中眺望!

真的，哦，我的灵魂哟，谁能看见你的微笑而不流泪? 在你的过盛的慈爱的微笑中，天使们也会流泪。

你的慈爱，你的过盛的慈爱不会悲哀，也不啜泣。哦，我的灵魂哟，但你的微笑，渴望着眼泪，你的微颤的嘴唇渴望着呜咽。

"一切的啜泣不都是怀怨吗? 一切的怀怨不都是控诉吗?"你如是对自己说; 哦，我的灵魂哟，因此你宁肯微笑而不倾泻了你的悲哀——

不在进涌的眼泪中倾泻了所有关于你的丰满之悲哀，所有关于葡萄的收获者和收获刀之渴望!

哦，我的灵魂哟，你不啜泣，也不在眼泪之中倾泻了你的紫色的悲哀，甚至于你不能不唱歌! 看哪! 我自己笑了，我对你说着这预言:

你不能不高声地唱歌，直到一切大海都平静而倾听着你的渴望——

直到，在平静而渴望的海上，小舟飘动了，这金色的奇迹，在金光的周围一切善恶和奇异的东西跳舞着——

一切大动物和小动物和一切有着轻捷的奇异的足可以在蓝绒色海上跳舞的。

直到他们都向着金色的奇迹，这自由意志之小舟及其支配者! 但这个支配者就是收获葡萄者，他持着金刚石的收获刀期待着。

哦，我的灵魂哟，这无名者就是你的伟大的救济者，只有未来之歌才能最先发现了他的名字! 真的，你的呼唤已经有着未来之歌的芳香了。

你已经在炽热而梦想着，你已经焦渴地饮着一切幽深的、回响的、安慰之泉水，你的忧郁已经憩息在未来之歌的祝福里。

哦，我的灵魂哟，现在我给你一切，甚至于我的最后的。我给你，我的两手已空无一物——看啊，我吩咐你歌唱，那就是我所有的最后的赠礼。

我吩咐你唱歌——现在说吧，我们两人谁当感谢？但最好还是：为我唱歌，哦，我的灵魂哟，为我唱歌，让我感谢你吧！——

查拉斯图拉如是说。

静

（俄）蒲宁

我们是在夜里到达日内瓦的，正下着雨。拂晓前，雨停了。雨后初霁，空气变得分外清新。我们推开阳台门，秋晨的凉意扑面而来，使人陶然欲醉。由湖上升起的乳白色的雾霭，弥漫在大街小巷上。旭日虽然还是朦朦胧胧的，却已经朝气蓬勃地在雾中放着光。湿润的晨风轻轻地拂弄着盘绕在阳台柱子上的野葡萄血红的叶子。我们盥漱过后，匆匆穿好衣服，走出了旅社，由于昨晚沉沉地睡了一觉，精神抖擞，准备去作尽情的畅游，而且怀着一种年轻人的预感，认为今天必有什么美好的事在等待着我们。

"上帝又赐予了我们一个美丽的早晨，"我的旅伴对我说，"你发现没有，我们每到一地，第二天总是风和日丽？千万别抽烟，只吃牛奶和蔬菜。以空气为生，随日出而起，这会使我们神清气爽！不消多久，不但医生，连诗人都会这么说的……别抽烟，千万别抽，我们就可体验到那种久已生疏了的感觉，感觉到洁净，感觉到青春的活力。"

可是日内瓦在哪里？有片刻工夫，我们茫然地站停下来。远处的一切，都被轻纱一般亮晃晃的雾覆盖着。只有街梢那边的马路已沐浴在霞光下，好似黄金铸成的。于是我们快步朝着被我们误认为是浮光耀金的马路走去。

初阳已透过雾霭，照暖了阒无一人的堤岸，眼前的一切无不光莹四射。然而山谷、日内瓦湖和远处的萨瓦山脉依然在吐出料峭的寒气。我们走到湖堤上，不由得惊喜交集地站住了脚，每当人们突然看到无涯无际的海洋、湖泊，或者从高山之巅俯视山谷时，都会情不自禁地产生这种又惊又喜的感觉。萨瓦山消融在亮晃晃的晨岚之中。在阳光下难以辨清，只有定睛望去，方能看到山脊好似一条细细的金线，迤逦于半空之中，这时你才会感觉到那边绵亘着重峦叠嶂。近处，在宽广的山谷内，在凉飕飕的、润湿而又清新的雾气中，横着蔚蓝、清澈、深邃的日内瓦湖。湖还在沉睡，簇拥在码头的斜帆小艇也还在沉睡。它们就像张开了灰色羽翼的巨鸟，但是在清晨的寂静中还无力拍翅高飞。两三只海鸥紧贴着湖水悠闲地翱翔着，冷不丁其中的一只，忽地从我们身旁掠过，朝街上飞去。我们立即转过身去望着它，只见它猛地又转过身子飞了回来，想必是被它所不习惯的街景吓坏了……朝暾初上之际有海鸥飞进城来，住在这个城市里的居民该有多幸福呀！

我们急欲进入群山的怀抱，泛舟湖上，航向远处的什么地方……然而雾还没有散，我们只得信步往市区走去，在酒店里买了酒和干酪，欣赏着纤尘不染的亲切的街道和静悄悄的金黄色的花园中美丽如画的杨树和法国梧桐。在花园上方，天空已被廓清，晶莹得好似绿松石一般。

"你知道吗，"我的旅伴对我说，"我每到一地总是不敢相信我真的到了这个地方，因为这些地方，我过去只能看着地图，幻想前去一游，并且时时提醒自己，这只不过是幻想而已。意大利就在这些崇山峻岭的后边，离我们非常之近，你感觉到了吗？在这奇妙的秋天，你感觉到南国的存在吗？瞧，那边是萨瓦省，就是我们童年时代阅读过的催人落泪的故事中所描写的牵着猴子的萨瓦孩子们的故乡！"

　　码头旁，游艇和船夫都在阳光下打着瞌睡。在蓝盈盈的清澈的湖水中，可以看到湖底的沙砾、木桩和船骸。这完全像是个夏日的早晨，只有主宰着透明的空气的那种静谧，告诉人们现在已是晚秋。雾已经消散得无影无踪，顺着山谷，极目朝湖面望去，可以看得异乎寻常的远。我们迫不及待地脱掉上衣，卷起袖子，拿起了桨。码头落在船后了，离我们越来越远。离我们越来越远的还有在阳光下光华熠熠的市区、湖滨和公园……前面波光粼粼，耀得我们眼睛都花了，船侧的湖水越来越深，越来越沉，也越来越透明。把桨插入水中，感觉水的弹性，望着从桨下飞溅出来的水珠，真是一大乐事。我回过头去，看到了我旅伴那升起红晕的脸庞，看到了无拘无束地、宁静地荡漾在坡度缓坦的群山中间浩瀚的碧波，看到了漫山遍野正在转黄的树林和葡萄园，以及掩映其间的一幢幢别墅。有一刻间，我们停住了桨，周遭顿时静了下来，静得那么深邃。我们闭上眼睛，久久地谛听着，什么声音也没有，只有船划破水面时，湖水流过船侧发出的一成不变的汩汩声。甚至单凭这汩汩的水声也可猜出湖水多么洁净，多么清澈。

　　"划吗？"我问。

　　"慢着，你听！"

　　我把桨提出水面，连汩汩的水声也渐渐消失。从桨上滴下一颗水珠，然后又是一颗……太阳照得我们的脸越来越热……就在这时，一阵悠扬的钟声，从很远很远的地方飘至我们耳际，这是深山中某处的一口孤钟。它离我们那么远；有时我们只能隐隐约约听到它的声音。

"你还记得科隆大教堂的钟声吗？"我的旅伴压低声音问我。

"那天我比你醒得早，天还刚刚拂晓，我便站在洞开的窗旁，久久地谛听着独自在古老的城市上空回荡的清脆的钟声。你还记得科隆大教堂的管风琴和那种中世纪的壮丽吗？还有莱茵省，那些古老的城市、古老的图画。还有巴黎……然而那一切都无法和这里相比，这里更美……"由深山中隐隐传至我们耳际的钟声温柔而又纯净，闭目坐在船上，侧耳倾听着这钟声，享受着太阳照在我们脸上的暖意和从水上升起的轻柔的凉意，是何等的甜蜜、舒适。有一艘闪闪发亮的白轮船在离我们约摸两俄里远的地方驶过，轮船拍击着湖水，发出疏远、暗哑、生气的嘟囔声，在湖面上激起一道道平展的、像玻璃一般透明的涌，缓缓地朝我们奔来，终于柔情脉脉地晃动了我们的小船。

"瞧，我们已置身在崇山的怀抱之中，"当轮船渐渐变小，终于隐没在远处以后，我的旅伴对我说，"生活已留在那边，留在这些崇山峻岭之外了，我们已进入寂静的幸福之邦，这寂静之邦何以名之，我们的语言中找不到恰当的字眼。"他一边慢慢地划着桨，一边讲着、听着。日内瓦湖越来越辽阔地包围着我们。钟声忽近忽远，似有若无。

"在深山中的什么地方有一座小小的钟楼，"我想道，"独自在用它回肠荡气的钟声赞颂着礼拜天早晨的安谧和寂静，召唤人们踏着俯瞰蓝色的日内瓦湖的山道，到它那儿去……"

　　极目四望，山上大大小小的树林都抹上了绚丽而又柔和的秋色，一幢幢环翠挹秀的美丽的别墅正在清静地度过这阳光明媚的秋日……我舀了一杯水，把茶杯洗净，然后把水泼往空中。水往天上飞去，迸溅出一道道光芒。

　　"你记得《曼弗雷德》吗？"我的同伴说，"曼弗雷德站在伯尔尼兹阿尔卑斯山脉中的瀑布前。时值正午。他念着咒语，用双手捧起一掬清水，泼向半空。于是在瀑布的彩虹中立刻出现了童贞圣母山……写得多美呀！此刻我就在想，人也可以崇拜水，建立拜水教，就像建立拜火教一样……自然界的神力真是不可思议！人活在世上，呼吸着空气，看到天空、水、太阳，这是多么巨大的幸福！可我们仍然感到不幸福，为什么？是因为我们的生命短暂，因为我们孤独，因为我们的生活谬误百出？就拿这日内瓦湖来说吧，当年雪莱来过这儿，拜伦来过这儿……后来，莫泊桑也来过。他孑然一身，可他的心却渴望整个世界都幸福。当年所有的理想主义者，所有的恋人，所有的年轻人，所有来这里寻求幸福的人都已弃世而去，永远消逝了。我和你有朝一日，同样也将弃世而去……你想喝点儿酒吗？"

　　我把玻璃杯递过去，他给我斟满酒，然后带着一抹忧郁的微笑，加补说："我觉得，有朝一日我将融入这片亘古长存的寂静中，我们都站在它的门口，我们的幸福就在那扇门里边。你是否记得易卜生的那句话：'玛亚，你听见这寂静吗？'我也要问你：你有没有听见这群山的寂静呢？"

　　我们久久地遥望着重重叠叠的山峦和笼罩着山峦的

洁净、柔和的碧空，空中充溢着秋季的无望的忧悒。我们想象着我们远远地进入了深山的腹地，人类的足迹还从未踏到过那里……太阳照射着四周都被山岭锁住的深谷，有只兀鹰翱翔在山岭与蓝天之间的广阔的空中……山里只有我们两人，我们越来越远地向深山中走去，就像那些为了寻找火绒草而死于深山老林中的人一样……我们不慌不忙地划着桨，谛听着正在消失的钟声，谈论着我们去萨瓦省的旅行，商量我们在哪些地方可以逗留多少时间，可我们的心却不由自主地离开话题，时时刻刻在向往着幸福。我们前所未见的自然景色的美，以及艺术的美和宗教的美，不论是哪里的，都激起我们朝气蓬勃的渴求，渴求我们的生活也能升华到这种美的高度，用出自内心的欢乐来充实这种美，并同人们一起分享我们的欢乐。我们在旅途中，无论到哪里，凡是我们所注视的女性无不渴求着爱情，那是一种高尚的、罗曼蒂克的、极其敏感的爱情，而这种爱情几乎使那些在我们眼前一晃而过的完美的女性形象神化了……然而这种幸福会不会是空中楼阁呢？否则为什么随着我们一步步去追求它，它却一步步地往郁郁苍苍的树林和山岭中退去，离我们越来越远？

那位和我在旅途中一起体验了那么多欢乐和痛苦的旅伴，是我一生中所爱的有限几个人中的一个，我的这篇短文就是奉献给他的。同时我还借这篇短文向我们俩所有志同道合的萍飘天涯的朋友致敬。

乐观的故事

（捷克）伏契克

十二月的白雪，密集地片片飘落在节日前热闹的布拉格街头。雪没有在大道和人行道上积存，立即由特制的机器把雪堆积起来走了。机器是装在崭新的载重汽车上的。安东尼看了机器一眼，不由得回想起了他年轻时的光景。那时，布拉格街头的积雪是由失业工人把它堆成了堆运出去的，他们的衣服又单薄又破烂，双手冻得又红又硬，脚上是粗笨难看而又不合脚的木底鞋子。

安东尼今天分外匆忙。他和玛尔妲约好一块儿去新的人民剧院看话剧《时间的脚步》。这个剧今天已经是演到第七十场了。

现在是六点十分，他在自己的卡尔拖拉机工厂下了班，匆匆忙忙地洗了个脸，就跑出了工厂的大门。他需要跑回家一趟，洗个澡，刮刮脸，换上休息时穿的衣服，但主要的是买戏票。他犯了个不可原谅的错误——在头一天没有关心戏票的事，所以现在总放心不下：万一全部戏票被抢购一空，弄得他和玛尔妲进不了戏院，那可怎么办？

在地下铁道的车站，他坐上了开往他住的德伊维茨区的"B"号列车。从前，这里住的只是一些富翁，在石砌院墙后面的花园中，耸立着两层楼的私邸。现在，这里住的是劳动人民了。崭新的大楼里是舒适的住宅，楼是这样高，需要把头仰得高高的，才能看到最上一层。

安东尼跳上了电梯，按了一下十五层楼的电钮。

"自己的错！"他责骂着自己，"没有事先把票买好，现在只得拼命地赶了。""我也没有错到哪儿去，"他内心的别一种声音申辩着，"难道我关心的事情还少吗？特别是自从工厂委员会委托我在俱乐部里建立电影院以来。"上星期，为这个问题他已经开了三个会：一个是工会会议，另一个是文娱委员会议，第三个是和建筑师联合开的会。"瞧着吧，丹达，可不要丢脸，我们的电影院在各方面都应当是最最漂亮的。"同志们要求着他。

在地下铁道里，安东尼遇见了从前的朋友别比克。和蔼可亲的、活泼愉快的别比克，圆圆的面孔，闪烁着儿童般的目光。他们亲热地互相握手。别比克早先是在林霍佛男爵的工厂里当炼钢工人，熟悉和热爱自己的事业。此外，他还是航空体育的热心参加者，是工厂里航空组的组长，并且创造了一些纪录。

"我可以告诉你一个新消息，丹达。下周我们工厂委员会就又要得到一架飞机！美丽非凡的飞机！双发动机的复翼飞机！四百五十匹马力！问题不是飞机，而是欢乐！理想！"

安东尼微笑道："我敢打赌，别比克，你一定在打算亲自驾驶新飞机来试飞。"

"当然是这样，这没有什么可猜三猜四的！"

"要谨慎小心！现在你听听我的新闻吧。在我们拖拉机工厂批准了修建雄伟堂皇的电影院的计划。我们决定把电影院命名为弗恩格斯。春天,再过三个月,我们就要动工了。你来看第一次上演吧。你会看到这将是一座什么样的大厅啊!戏院到了,我下车,祝你健康!"

"祝你成功!"

安东尼登上自动电梯,急忙奔往戏院的售票处。售票处前面是一条长蛇阵。"这就是说票还有。"他高兴地想着,排上了队。许多思想挤在他的头脑中。他想道:"这个别比克真棒。真是个好动的小伙子!但不管怎么说,我的电影院总比他的双发动机飞机还有趣。说句玩笑话,要建立个模范电影院!但要知道电影院落成后,就要产生节目单问题。这可不是这样简单的,我们将来只上演最精彩、最优秀的片子。严肃的、阐明问题的片子和轻松的、使人感到愉快的片子间的比例,是需好好考虑的;而四百五十匹马力的飞机……也是需要的玩意儿。我们俱乐部应当关心得到这样一个'理想'——用别比克的话说。"

"接着,不可避免地会产生一个问题:挨着卡尔拖拉机工厂要修建一个新机场。把现在的机场重新装备一下,和工厂的运动场连在一起。那么运动场将会容纳十二万观众。但是,很快这个运动场对布拉格来说,对我们日益发展、繁荣着的首都来说又显得小了……多少要关心的事情啊……"想到这儿,安东尼叹了一口气,突然之间,"关心"这个字眼所引起的1936年时的思想和心情涌进脑际。那时对希特勒的恐惧还笼罩着欧洲呢。

的确,当时是个黑暗时期,工人阶级的生活条件是艰难痛苦的。有工作就算是幸福。工作的利润,别人装进了口袋。要是这点"幸福"丧失了,一个人就会常常没犯任何过错而失了业，变成失业统计表中不知其为何物的号码、数字，再不被当人看待了。但是对于有工作的人们来说，生活条件又是怎样呢？工人们住在破旧的陋室茅舍中；在伊诺尼茨城郊，人们像野兽似的居住在窑洞里……

"你要什么样的票，同志？"他听到一个人的声音。

票？什么样的票？他竟这样奔入了回忆的世界，遗忘了世上的一切；而现在，他又怀着多么愉快的心情回到了现实世界！

"请给两张楼上座位挨着的票。"他手中是戏票，心中是欢乐。

现在玛尔姐就要来了，她将会非常满意。安东尼出来到了街上，走近售报处买了一张《布拉格晚报》，开始走马观花地看了看报纸的大标题。

"红色造纸工人巨型联合工厂在斯洛伐克开工！""沙贝里茨一千座新房屋的设计！""科拉德诺冶金工厂完成了生产计划的百分之一百五十八！""努塞尔多林纳桥落成通车！""捷克斯洛伐克工人图书馆已达两万处！"

安东尼想着图书馆的数目，认定图书馆也许就如在布拉格的十七座戏院一样，还嫌不够用。正在这时，玛尔姐走来了，他们找到自己的座位坐下，话剧开演了。

戏的主演是一个医生。他设法找寻延长寿命的途径。全场观众怀着焦急的心情注视着一幕一幕地发展下去。"生活——这是多么美妙啊！"他俩想着，"对于那些对生活有兴趣，并且生活得很好的人们来说，寻常平庸的延长寿命是不够的。"接着安东尼又回忆起了1936年的冬天，当时捷克斯洛伐克和其他资本主义国家的许多劳动人民不时想着："总体说是不是值得活下去？因为生活中有的只是一个痛苦。"

在幕间休息的时候，他把自己的想法告诉了玛尔妲。他们争先回忆着过去，幻想着比幸福的现在将更要美妙万倍的未来。

安东尼说："我非常想活到现在我们仅能幻想的一切变成现实的时候。我想，人们在共产主义社会时将是另一个样子。他们的心会永远年轻。很遗憾，在我们的心中，还有不少沉痛的旧时代的痕迹。"

"不，"玛尔妲说，"不要这样说，丹达！我衷心地希望在我们死后活在世界上的人们，能有像我们这样的心肠，能有像我们这样的感情。想想看吧，我们曾生活在抑郁沉闷、充满恐惧的时代，但是，我们没有向恐惧投降，我们没有感到恐惧。时代愈艰苦难熬，我们愈坚强不屈。我们是勇敢的，丹达，我们一刻也没有怀疑过我们必将胜利，虽然还远不是在任何时候都能想象得出，在我们胜利之后，我们的国家将是什么样子。"

他们步行回家，沿着华丽的、闪耀着柏油光辉的街道。十二月的新鲜空气散播着蓬勃的朝气。虽然时间已经不早，但到处还是人来人往，生活沸腾着。

安东尼沉默了一会，说道："也许你是对的，玛尔妲……我想到了自己和1936年的同志们。恰恰在圣诞节那天，有一个同志到隐避的地方来，带给我们一张报纸。报纸上登着一个故事，这故事我记得很清楚，题目叫做《乐观的故事》。这个故事的开头是极其平凡的字句：'十二月的白雪，密集片片地飘落在节日前热闹的布拉格街头。'接着描写的是光辉的、公正的、美妙的生活。

我们未来的、指日可待的未来的生活。"说着，安东尼笑了起来，"我确切地知道，在这个故事中，每一个字都是真理，但是，怀疑主义者却认为活不到这样美妙的时候……"

笑与泪

（黎巴嫩）纪伯伦

　　太阳从那秀丽的公园里收起了它最后一道霞光，月亮从天边升起，温柔的月光泼洒在公园里。我坐在树下，观察着瞬息万变的天空，透过树枝的缝隙，仰望夜空的繁星，就像撒在蓝色地毯上的银币一样，远远地，听得见山涧小溪淙淙的流水声。

　　鸟儿在茂密的枝叶间寻找栖所，花儿闭上她困倦的眼睛。在万籁俱寂之中，我听见草地上有轻轻的脚步声，定睛一看，一个青年伴着一个姑娘朝我走来。他们在一棵葱郁的树下坐下来。我能看到他们，但他们却看不到我。

　　那个青年向四周看了看，说道："坐下吧，亲爱的，请你坐在我的身边。你说吧！笑吧！你的微笑，就是我未来的象征。你高兴吧！整个时代都为我们欢呼。我的心对我说，对你那颗心的怀疑，对爱情的怀疑是一种罪过，亲爱的！不久，你将成为这银色月光照耀下的广阔世界中的一切财产的主人，成为一座可以和王宫媲美的宫殿的主人。我将驾驭我的骏马，带你周游天下名胜；我将驾驶我的汽车，陪你出入跳舞厅、娱乐场。微笑吧，亲爱的，就像我宝库中的黄金那样微笑吧！你看着我，要像我父亲的珠宝那样地看着我。你听着，亲爱的！我要是不向你倾述衷情，我的心就不会安宁。我们将欢度蜜年。我们要带上许多黄金，在瑞士的湖畔，在意大利游览胜地，在尼罗河畔法老宫旁，在黎巴嫩翠绿的杉树下度过我们的蜜年。你将与那些贵公主阔夫人相会，你的穿戴一定会引起她们的妒忌。我要给你所有这一切，难道你还不满意吗？啊！你笑得多么甜蜜啊！你微笑就仿佛是我的命运在微笑。"

过了一会儿，我看到他俩悠然自得地走着，就像富人的脚践踏穷人的心那样踩着地上的鲜花。

他们从我的视野中消失了，而我却在思考着金钱在爱情中的地位。我想，金钱——人类邪恶的根源；爱情——幸福和光明的源泉。我一直在这些思想的舞台上徘徊。突然我发现两个身影从我面前经过，坐在不远的草地上。这是一对从农田那边走过来的青年男女。农田那边有农民的茅舍。一阵令人伤心的沉默之后，随着一声长叹，我听见从一个肺痨病人的嘴里说出了这样的话："亲爱的！擦干你的眼泪，至高无上的爱情已经打开了我们的眼界，使我们成了它的崇拜者。是它，给了我们忍耐和刚强。擦干你的眼

泪！你要忍耐，既然我们已经结成亲爱的伴侣。为了美好的爱情，我们得忍受贫穷的折磨、不幸的痛苦、离别的辛酸。为了获得一笔在你面前拿得出手的钱财，以此度过今后的岁月，我必须与日月搏斗。亲爱的，上帝就是那至高无上的爱情的体现，他会像接受香烛那样接受我们的哀叹和眼泪，他会给我们适当的报酬。我要同你告别了，亲爱的！我不能等到月光消逝。"

　　然后，我听到一个亲切而炽热的声音打断了伤感的长吁短叹。那是一个温柔的少女的声音，这声音倾注所有蕴藏在她肺腑里的热烈的爱情、离别的痛苦和苦尽甘来的快慰："再见，亲爱的！"

　　说完，他们便分别了。我坐在那棵树下，这奇妙的宇宙间的许多秘密暴露在我的面前，要我伸出同情之手。

　　那时，我注视着那沉睡的大自然，久久地注视着。于是，我发现那里有一种无边无际的东西，一种用金钱买不到的东西，一种用秋天凄凉的泪水所不能冲洗掉的东西；一种不能为严冬的苦痛所扼杀的东西，一种在日内瓦湖畔、意大利游览胜地所找不到的东西；它是那样坚强不屈，春来生机勃勃，秋到硕果累累。我在那里看到了爱情。

浪之歌

（黎巴嫩）纪伯伦

　　我同海岸是一对情人。爱情让我们相亲相近，空气却使我们相离相分。我随着碧海丹霞来到这里，为的是将我这似银的泡沫与金沙铺就的海岸合为一体；我用自己的津液让它的心冷却一些，别那么过分炽热。

　　清晨，我在情人的耳边发出海誓山盟，于是他把我紧紧抱在怀中；傍晚，我把爱恋的祷词歌吟，于是他将我

亲吻。

　　我生性执拗，急躁；我的情人却坚忍而有耐心。

　　潮水涨来时，我拥抱着他；潮水退去时，我扑倒在他的脚下。

　　曾有多少次，当美人鱼从海底钻出海面，坐在礁石上欣赏星空时，我围绕着她们跳舞；曾有多少次，当有情人向俊俏的少女倾诉着自己为爱情所苦时，我陪伴他长吁短叹，帮助他将衷情吐露；曾有多少次，我与礁石同席对饮，它竟纹丝不动，我同它嘻嘻哈哈，它竟面无笑容。我曾从海中托起过多少人的躯体，使他们死里逃生；我又从海底偷出多少珍珠，作为向美女丽人的馈赠。

　　夜阑人静，万物都在梦乡里沉睡，唯有我彻夜不寐；时而歌唱，时而叹息。呜呼！彻夜不眠让我面容憔悴。纵使我满腹爱情，而爱情的真谛就是清醒。

　　这就是我的生活，这就是我终身的工作。

虚荣的紫罗兰

（黎巴嫩）纪伯伦

幽静的花园里，生长着一棵紫罗兰。她有美丽的小眼睛和娇嫩的花瓣。她生活在女伴们中间，满足于自己的娇小，在密密的草丛中愉快地摆来摆去。

一天早晨，她抬起顶着用露珠缀成的王冠的头，环顾四周，她发现一株亭亭玉立的玫瑰，那么雍容而英挺，使人联想起绿宝石的烛台托着鲜红的小火舌。

紫罗兰张开自己天蓝色的小嘴，叹了一口气，说："在香喷喷的草丛里，我是多么不显眼啊！在别的花中间，我几乎不被人看见。造化把我造得这般渺小可怜。我紧贴着地面生长，无力面向蓝色的苍穹，无力把面庞转向太阳，像玫瑰花那样。"

玫瑰花听到她身旁的紫罗兰的这番话，笑得颤动了一下，接着说："你这枝花多么愚蠢啊！你简直不理解自己的幸福，造化把很少赋予别类花朵的那种美貌、那种芬芳和娇嫩给予了你。抛弃你那些错误的想法和空洞的幻想，满足于自己的命运吧，要知道，温顺会使你变得坚强，谁要求过多，谁就会失去一切。"

紫罗兰回答道："啊，玫瑰花，你来安慰我，因为在

我只能幻想的那一切，你都有了。你是那样美好，所以你用聪明的词令粉饰我的渺小。但是对于不幸者说，那些幸福者的安慰意味着什么呢？向弱者说教的强者总是残酷的！"

造化听到玫瑰与紫罗兰的对话，觉得奇怪，于是高声问："啊，女儿，你怎么了，我的紫罗兰？我知道你一向谦逊而有耐心，你温柔而又驯顺，你安贫而又高尚。难道你被空虚的愿望和无谓的骄傲制服了？"

紫罗兰用充满哀求的声调回答她："啊，你原是无上全能、悲悯万物的啊，我的母亲！我怀着满腔激情、满腔希望请求你，答应我的要求，把我变成玫瑰花吧，哪怕只一天也好！"

造化说："你不知道你请求的是什么。你不明白外表的华丽暗藏着不可预期的灾祸。当我把你的躯干抽长，改变了你的容貌，使你变成了玫瑰花，你会后悔的；可是，到那时，后悔也无济于事了。"

紫罗兰答道："啊，把我变做玫瑰花吧！变做一株高高的玫瑰花，骄傲地抬着头！日后不论发生什么事，都由我自己担承！"

于是，造化说："啊，愚蠢而不听话的紫罗兰，我满足你的愿望。但是，如果不幸和灾祸突然降落在你的头上，那是你自己的过错！"

造化伸开她那看不见的魔指，触了一下紫罗兰的根——转瞬间紫罗兰变成了玫瑰，伫立在众芳之上。

午后，天边突然乌云密布，卷起旋风，雷电交加，隆隆作响，狂风和暴雨组成一支不计其数的大军突然向园林袭来；他们的袭击折断了树枝，扭弯了花茎，把傲慢的花朵连根拔起。花园里除了那些紧贴着地面生长或是隐藏在岩石缝里的花草之外，什么也不剩了。而那座幽静的花园遭到了比其他花园更多的灾难。

等到风停云散，花儿全死去了——她们像灰尘一样，满园零落，唯有躲在篱边的紫罗兰，在这场风暴的袭击之后，安然无恙。

一株紫罗兰抬起头来，看着花草树木的遭遇，愉快地微笑了一下，招呼自己的女伴："瞧啊，暴风雨把那些自负为美的花朵变成了什么哟！"

另一株紫罗兰说："我们紧贴着地面生长。我们才躲过了狂风暴雨的愤怒。"

第三株喊道："我们是这般脆弱，但龙卷风并没有战胜我们！"

这时紫罗兰皇后向四周环顾了一下，突然看见昨天还是紫罗兰的那株玫瑰花。

暴雨把她从土里拔起，狂风扫去了她的花瓣，把她抛在湿漉漉的青草上。她躺在地上，像一个被敌人的箭射中了的人一样。

紫罗兰皇后挺直了身子，展开自己的小叶片，招呼女伴们说："看啊，看啊，我的女儿们！看看这株紫罗兰，为了能炫耀自己的美貌，她想变成一株玫瑰，哪怕是一小时也可以。就让眼前这景象作为你们的教训吧。"

濒死的玫瑰叹了一口气，集中了最后的力量，用微弱的声音回答道："听我说吧，你们这些愚蠢而谦逊的花儿，听着吧，暴风雨和龙卷风都把你们吓坏了！昨天我也和你们一样，藏在绿油油的草丛里，满足于自己的命运。这种满足使我在生活的暴风雨里得到了庇护。我的整个存在的意义都包含在这种安全里，我从来不要求比这卑微的生存更多一点的宁静与享受。啊，我原是可以跟你们一样，紧贴着地面生长，等待冬季用雪把我盖上，然后偕同你们去接受那死亡与虚无的宁静。但是，只有当我不知道生活的奥妙，我才那样做，这种生活的奥妙，紫罗兰的族类是从来也不知道的。从前我可以抑制自己一切的愿望，不去想那些得天独厚的花儿。但是我倾听着夜的寂静，我听见更高的世界对我们世界说：'生活的目的在于追求比生活更高更远的东西。'这时我的心灵就不禁反抗起自己来了。我的心殷切地盼望升到比自己更高的地方。终于，我反抗了自己，追求那些我不曾有过的东西，直到我的愤怒化成了力量，我的向往变成了创造的意志。到那时，我请求造化——你们要知道，造化，那不过是我们一种神秘的幻觉的反映——我要求她把我变成玫瑰花。她这样做了，就像她常常用赏识和鼓励的手指变换自己的设计和素描一样！"

玫瑰花沉默了片刻，然后带着骄傲而优越的神情补充说："我做了一小时的玫瑰花，我就像皇后一样度过了这一小时。我用玫瑰花的眼睛观察过宇宙；我用玫瑰花的耳朵倾听过宇宙的私语；我用玫瑰花的叶片感受过光的变幻；难道你们中间找得到一位，蒙受过这样的荣光吗？"

玫瑰低下头，已经喘不上气来，说："我就要死了。我要死了，但我内心里却有一种从来没有一株紫罗兰所体验过的感觉。我要死了，但是我知道，我所生存的那个有限的后面隐藏着的是什么。这就是生活的意义。这就是本质的所在，隐藏在无论是白天或夜晚的机缘之后的本质！"

玫瑰卷起自己的叶子，微微叹了一口气，死去了。她的脸上浮着超凡绝俗的微笑——那是理想实现的微笑，胜利的微笑，上帝的微笑。

心灵语丝

我的梦中城市

它是沉默的——我的梦中城市——清冷的，肃穆的，大概由于我实际上对于群众、贫穷及像灰沙一般刮过人生道途的那些缺憾的风波风暴都一无所知的缘故。这是一个可惊可愕的城市，这么的大气魄，这么的美丽，这么的死寂。有跨过高空的铁轨，有像峡谷的街道，有大规模攀上壮伟广市的楼梯，有下通深处的踏道，而那里所有的，却奇怪得很，是下界的沉默。又有公园、花卉、河流。而过了二十年之后，它竟然在这里了，和我的梦差不多一般可惊可愕，只不过当我醒时，它是罩在生活的骚动底下的。它具有角逐、梦想、热情、欢乐、恐怖、失望等等的哗鸣。通过它的道路、峡谷、广场、地道，是奔跑着、沸腾着、闪烁着、朦胧着，一大堆的存在，都是我的梦中城市从来不知道的。

关于纽约——其实也可说关于任何大城市，不过说纽约更加确切，因为它曾经是而且仍旧是大到这么与众不同的——从前也如现在，那使我感着兴味的东西，就是它显示于迟钝和乖巧，强壮和薄弱，富有和贫穷，聪明和愚昧之间的那种十分鲜明而同时又无限广泛的对照。这之中，

一三四

大概数量和机会上的理由比任何别的理由都占得多些，因为别处地方的人类当然也并无两样。不过在这里，所得从中挑选的人类是这么的多，因而强壮的或那种根本支配着人的，是这么这么的强壮，而薄弱的是那么那么的薄弱——又那么那么的多。

我有一次看见一个可怜的、一半失了神的而且打皱得很厉害的小小缝衣妇，住在冷街上一所分租房子厅堂角落的夹板房里，用着一个放在柜子上的火炉子在做饭。在那间房的四周，她有着充分空间可以大大地跨三步。

"我宁可住在纽约这种夹板房里，也不情愿住乡下那种十五间房的屋子。"她有一次发过这样的议论，当时她那双可怜的没有颜色的小眼睛，包含着那么多的光彩和活气，我在她身上不曾看见过，也从来不再见到的。她有一种方法贴补她的缝纫的收入，就是替那些和她自己一般下等的人在纸牌、茶叶、咖啡渣之类里面望运气，告诉许多人说要有恋爱和财气了，其实这两项东西都是他们永远不会见到的。原来那个城市的色彩、声音和光耀，就只叫她见识见识，也就足够赔补她一切的不幸了。

而我自己不也曾感觉到过那种炫耀吗？现在不也还是感觉到吗？百老汇路，当四十二条街口，在这些始终如一的夜晚，城市是被

从西部来的如云的游览闲人所拥挤。所有的店门都开着，差不多所有酒店的窗户都张得太大，让那种没事干的过路人可以看望。这里就是这个大城市，而它是醉态的，梦态的。五月或是六月的月亮将要像擦亮的银盘一般高高挂在高墙间，一百乃至一千面电灯招牌将在那里眨眼。穿着夏衣戴着漂亮帽子的市民和游人的潮水；载着无穷货品震荡着去尽无足重轻的使命的街车；像嵌宝石的苍蝇一般飞来飞去的出租汽车和私人汽车。就是那轧士林也贡献了一种特异的香气。生活在发泡，在闪耀；漂亮的言谈，散漫的材料。百老汇路就是这样的。

还有那五马路，那条歌唱的水晶的街，在一个有市面的下午，无论春夏秋冬，总是一般热闹。当正二三月间，春来欢迎你的时候，那条街的窗口都拥塞着精美无遮的薄绸以及各色各样缥缈玲珑的饰品，还再有什么能一样分明地报告你春的到来吗？十一月一开头，它便歌唱起棕榈机、新开港以及热带和暖海的大大小小的快乐。你看见这么一幅图画，看见那些划开了上层的住宅，总以为全世界都是非常的繁荣、独出而快乐的。然而，你倘使知道那个俗艳的社会的矮丛，那个介于成功的高树之间的徒然生长的乱莽和丛簇，你就觉得这些无边的巨厦里面并没有一桩社会的事件是完美而沉默的了！

我常常想到那数量庞大的下层人，那些除开自己的青春和志向之外再没有东西推荐他们的男孩子和女孩子，日日时时将他们的面孔朝着纽约，侦察着那个城市能够给他们怎样的财富或名誉，不然就是未来的位置和舒适，再不然就是他们将可收获的无论什么。啊，他们的青春的眼睛是沉醉在它的希望里了！于是，我又想到全世界一切有力的和半有力的男男女女们，在纽约以外的什么地方勤劳着这样那样的工作———一片店铺，一个矿场，一家银行，一种职业———唯一的志向就是要去达到一个地位，可以靠他们的财富进入而留居纽约，支配着大众，而在他们认为是在奢侈的里面奢侈着。

你就想想这里面的幻觉吧，真是深刻而动人的催眠术哩！强者和弱者，聪明人和愚蠢人，心的贪馋者和眼的贪馋者，都怎样地向那庞大的东西寻求忘忧草，寻求迷魂汤。我每次看见人似乎愿意拿出任何的代价———拿出那样的代价———去求一啜这毒酒，总觉得十分惊奇。他们是展示着怎样一种刺人的颤抖的热心。美愿意出卖它的花，德行出卖它的最后的残片，力量出卖它所能支配的范围里面一个几乎是高利贷的部分，名誉和权力出卖它们的尊严和存在，老年出卖它的疲乏的时间，以求获得这一切之中的不过一个小部分，以求赏一赏它的颤动的存在和它造成的图画。你几乎不能听见他们唱它的赞美歌吗？

我为何而生

（英）罗素

对爱情的渴望，对知识的追求，对人类苦难不可遏制的同情，是支配我一生的单纯而强烈的三种感情。这些感情如阵阵飓风，吹拂在我动荡不定的生涯中，有时甚至吹过深沉痛苦的海洋，直抵绝望的边缘。

我所以追求爱情，有三方面的原因。首先，爱情有时给我带来狂喜，这种狂喜竟如此有力，以致我常常会为了体验几小时爱的喜悦，而宁愿牺牲生命中其他一切。其次，爱情可以摆脱孤寂——身历那种可怕孤寂的人的战栗意识，有时会由世界的边缘，深入到冷酷无生命的无底深渊。最后，在爱的结合中，我看到了古今圣贤以及诗人们所梦想的天堂的缩影，这正是我所追寻的人生境界。虽然它对一般的人类生活也许太美好了，但这正是我透过爱情所得到的最终发现。

我曾以同样的感情追求知识，我渴望去了解人类的心灵，也渴望知道星星为什么会发光，同时我还想理解毕达哥拉斯的力量，他认为数的力量驾驭着万物的变化。我得到了为数不多的一点知识。

爱情与知识的可能领域，总是引领我到天堂的境界，可对人类苦难的同情经常把我带回现实世界。那些痛苦的呼唤经常在我内心深处回响。饥饿中的孩子，被压迫被折磨着，给子女造成重担的孤苦无依的老人，以及全球性的孤独、贫穷和痛苦的存在，是对人类生活理想的无视和讽刺。我常常希望能尽自己的微薄之力去减轻这不必要的痛苦，但我发现我完全失败了，因此我自己也感到很痛苦。

　　这就是我的一生，我发现人是值得活的。如果有谁再给我一次生活的机会，我将欣然接受这难得的赐予。

我与绘画的缘分

（英）丘吉尔

年至四十而从未握过画笔，老把绘画视为神秘莫测之事，然后突然发现自己投身到了一个颜料、调色板和画布的新奇兴趣中去了，并且成绩还不怎么叫人丧气——这可真是个奇异而又大开眼界的体验。我很希望别人也能分享到它。

为了得到真正的快乐，避免烦恼和脑力的过度紧张，我们都应该有一些嗜好。它们必须都很实在，其中最好最简易的莫过于写生画画了。这样的嗜好在一个最苦闷的时期搭救了我。1915年5月末，我离开了海军部，可我仍是内阁和军事委员会的一个成员。在这个职位上，我什么都知道，却什么都不能干。我有一些炽烈的信念，却无力去把它们付诸实现。那时候，我全身的每根神经都热切地想行动，而我却只能被迫赋闲。

而后，一个礼拜天，在乡村里，孩子们的颜料盒来帮我忙了。我用他们那些玩具水彩颜料稍一尝试，便促使我第二天上午去买了一整套油画器具。下一步我真的动手了。调色板上闪烁着一摊摊颜料；一张崭新的白白的画布摆在我的面前；那支没蘸色的画笔重如千斤，性命攸关，悬在空中无从落下。我小心翼翼地用一支很小的画笔蘸真正一点点蓝颜料，然后战战兢兢地在咄咄逼人的雪白画布上画了大约像一颗小豆子那么大的一笔。恰恰那时候只听见车道上驶来了一辆汽车，而且车里走出来的不是别人，正是著名肖像画家约翰·赖弗瑞爵士的才气横溢的太太。"画画！不过你还在犹豫什么哟！给我一支笔，要大的。"我心想道。画笔"扑通"一声浸进松节油，继而扔进蓝色和白色颜料中，在我那块调色板上疯狂地搅拌了起来，然后在吓得欷欷直抖的画布上恣肆汪洋地涂了好几笔蓝颜色。紧箍咒被打破了。我那病态的拘束烟消云散了。我抓起一支最大的画笔，雄赳赳气昂昂地朝我的牺牲品扑了过去。打那以后，我再也不怕画布了。

这个胆大妄为的开端是绘画艺术极重要的一部分。我们不要野心太大。我们并不希冀传世之作。能够在一盒颜料中其乐陶陶，我们就心满意足了。而要这样，大胆则是唯一的入门券。

我不想说水彩颜料的坏话。可是实在没有比油画颜料更好的材料了。首先，你能比较容易地修改错误。调色刀只消一下子就能把一上午的心血从画布上"铲"除干净；对表现过去的印象来说，画布反而来得更好。其次，你可以从各种途径达到自己的目的。假如开始时你采用适中的色调来进行一次适度的集中布局，尔后心血来潮时，你也可以大刀阔斧、尽情发挥。最后，颜色调弄起来真是太妙了。假如你高兴，可以把颜料一层一层地加上去，你可以改变计划去适应时间和天气的要求。把你所见的景象跟画面相比较，简直令人着迷。假如你还没有那么干过的话，在你归天以前——不妨试一试。

当一个人开始慢慢地不感到选择适当的颜色、用适当的手法把它们画到适当的位置上去是一种困难时，我们便面临更广泛的思考了。人们会惊讶地发现在自然景色中还有那么多以前从未注意到的东西。每当走路乘车时，附加了一个新目的，那可真是新鲜有趣之极。山丘的侧面有那么丰富的色彩，在阴影处和阳光下迥不相同；水塘里闪烁着如此耀眼夺目的反光，光波在一层一层地淡下去；表面和边缘那种镀金镶银般的光亮真是美不胜收。我一边散步，一边留心着叶子的色泽和特征，山峦那迷梦一样的紫色，冬天的枝干的绝妙的边线，以及遥远的地平线的暗白色的剪影，那时候，我便本能地意识到了自己。我活了四十多岁，除了用普通的眼光，从未留心过这一切。好比一个人看着一群人，只会说"人可真多啊！"一样。

我认为，这种对自然景色观察能力的提高，便是我从学画中得来的最大乐趣之一。假如你观察得极其精细入微，并把你所见的情景相当如实地描绘下来，结果画布上的景象就会惊人的逼真。

嗣后，美术馆便出现了一种新鲜的——至少对我如此——极其实际的兴趣。你看见了昨天阻碍过你的难点，而且你看见这个难点被一个绘画大师那么轻而易举地就解决了，你会用一种剖析的理解的眼光来欣赏一幅艺术杰作。

一天，偶然的机缘把我引到马赛附近的一个偏僻角落里，我在那儿遇见了两位塞尚的门徒。在他们眼中，自然景色是一团闪烁不定的光，在这里形体与表面并不重要，几乎不为人所见，人们看到的只是色彩的美丽与和谐对比。这些彩色的每一个小点都放射出一种眼睛感受得到却不明其原因的强光。你瞧，那大海的蓝色，你怎么能描摹它呢？当然不能用现成的任何单色。临摹那种深蓝色的唯一办法，是把跟整个构图真正有关的各种不同颜色一点一点地堆砌上去。难吗？可是迷人之处也正在这里。

我看过一幅塞尚的画，画的是一座房里的一堵空墙。那是他天才地用最微妙的光线和色彩画成的。现在我常能这样自得其乐：每当我盯着一堵墙壁或各种平整的表面时，便力图辨别从中能看出的各种各样不同的色调，并且思索着这些色调是反光引起的呢，还是出于天然本色。你第一次这么试验时，准会大吃一惊，甚至在最平凡的景物上你都能看见那么许多如此美妙的色彩。

所以，很显然地，一个人被一盒颜料装备起来，他便不会心烦意乱，或者无所事事了。有多少东西要欣赏啊，可观看的时间又那么的少！人们会第一次开始去嫉妒梅休赛兰。

注意到记忆在绘画中所起的作用是很有趣的。当惠斯特勒在巴黎主持一所学校时，他要他的学生们在一楼观察他们的模特儿，然后跑上楼，到二楼去画他们的画。当他们比较熟练时，他就把他们的画架放高一层楼，直到最后那些高材生们必须拼命奔上六层楼梯到顶楼里去作画。

所有最伟大的风景画常常是在最初的那些印象归纳起来好久以后在室内画出来的。荷兰或者意大利的大师在阴暗的地窖里重现了尼德兰狂欢节上闪光的冰块，或者威尼斯的明媚阳光。所以，这就要求对视觉形象具有一种惊人的记忆力。就发展一种受过训练的精确持久的记忆力来说，绘画是一种十分有效的锻炼。

另外，作为旅游的一种刺激剂，实在没有比绘画更好的了。每天排满了有关绘画的远征和实践——既省钱易行，又能陶情养心。哲学家的宁静享受替代了旅行者的无谓的辛劳。你走访的每一个国家都有它自己的主调，你即使见到了也无法描摹它，但你能观察它，理解它，感受它，也会永远地赞美它。不过，只要阳光灿烂，人们是大可不必出国远行的。业余画家踌躇满志地从一个地方到另一个地方东游西荡，老在寻觅那些可以入画可以安安稳稳带回家去的迷人胜景。

作为一种消遣，绘画简直十全十美了。我不知道还有什么在不精疲力竭消耗体力的情况下比绘画更使人全神贯注的了。不管面临何等的目前的烦恼和未来的威胁，一旦画面开始展开，大脑屏幕上便没有它们的立足之地了。它们退隐到阴影黑暗中去了。人的全部注意力都集中到了工作上面。说来遗憾，在教堂里一次站上半个钟头，我总觉得这种站立的姿势对男人来说很不自在，老那么硬挺着只能使人疲惫不堪而已。可是却没有一个喜欢绘画的人接连站三四个钟点画画会感到些微的不适。

买一盒颜料，尝试一下吧。假如你知道充满思想和技巧的神奇新世界，一个阳光普照、色彩斑斓的花园正近在咫尺等待着你，与此同时你却用高尔夫和桥牌消磨时间，那真是太可怜了。惠而不费独立自主，能得到新的精神食粮和锻炼，在每个平凡的景色中都能享有一种额外的兴味，使每个空闲的钟点都很充实，都是一次充满了消魂荡魄般发现的无休止的航行——这些都是崇高的褒赏。我希望它们也能为你所享有。

我的信念

（波兰）玛丽·居里

生活对于任何一个男女都非易事，我们必要有坚韧不拔的精神；最要紧的，还是我们自己要有信心。我们必须相信，我们对一件事情是有天赋的才能，并且，无论付出任何代价，都要把这件事情完成。当事情结束的时候，你要能够问心无愧地说："我已经尽我所能了。"

有一年的春天里，我因病被迫在家里休息数周，我注视着我的女儿们所养的蚕结着茧子。这使我极感兴趣，望着这些蚕固执地、勤奋地工作着，我感到我和它们非常相似，像它们一样，我总是耐心地集中在一个目标。我之所以如此，或许是因为有某种力量在鞭策着我——正如蚕被鞭策着去结它的茧子一般。

在近五十年来，我致力于科学的研究，而研究基本上是对真理的探讨。我有许多美好快乐的回忆。少女时期我在巴黎大学，孤独地过着求学的岁月；在那整个时期中，我丈夫和我专心致志地，像在梦幻之中一般，艰辛地在简陋的书房里研究，后来我们就在那儿发现了镭。

我在生活中，永远是追求安静的工作和简单的家庭生活。为了实现这个理想，所以后来我要竭力保持宁静的环境，以免受人事的侵扰和盛名的渲染。

我深信在科学方面，我们是有对事而不是对人的兴趣。当皮埃尔和我决定应否在我们的发现上取得经济上的利益时，我们都认为这是违反我们的纯粹研究观念。因而我们没有申请镭的专利，也就抛弃了一笔财富。我坚信我们是对的。诚然，人类需要寻求现实的人，他们在工作中，获得最大的报酬。但是，人类也需要梦想家——他们对于一件忘我的事业的进展，受了强烈的吸引，使他们没有闲暇，也无热诚去谋求物质上的利益。我的唯一奢望，是在一个自由国家中，以一个自由学者的身份从事研究工作，我从没有视这种权益为理所当然的，因为在二十四岁以前，我一直居住在被占领和蹂躏的波兰。我估量过法国自由的代价。

我并非生来就是一个性情温和的人。我很早就知道，许多像我一样敏感的人，受了一言半语的呵责，便会过分懊恼，他们尽量隐藏自己的敏感。从我丈夫的温和沉静的性格中，我获益匪浅。当他猝然长逝以后，我便学会了逆来顺受。我年纪渐老了，我愈会欣赏生活中的种种琐事，如栽花、植树、建筑，对诵诗和眺望星辰，也有一点兴趣。

我一直沉醉于世界的优美之中，我所热爱的科学，也不断增加它崭新的愿景。我认定科学本身就具有伟大的美。一位从事研究工作的科学家，不仅是一个技术人员，并且还是一个小孩，在大自然的景色中，好像迷醉于神话故事一般。这种魅力，是使我终生能够在实验室里埋头工作的主要因素。

我的伊豆

（日本）川端康成

伊豆是诗的故乡，世上的人这么说。

伊豆是日本历史的缩影，一个历史学家这么说。

伊豆是南国的楷模，我要再加上一句。

伊豆是所有的山色海景的画廊，还可以这么说。

整个伊豆半岛是一座大花园，一所大游乐场。就是说，伊豆半岛到处都具有大自然的惠赠，都富有美丽的变化。

如今，伊豆有三个入口：下田，三岛修善寺，热海。不管从哪里进去，首先迎迓你的，是堪称伊豆的乳汁和肌体的温泉。然而，由于选择的入口不同，你定会感到有三个各不相同的伊豆呢。

北面的修善寺和南面的下田这两条通道，在天城山口相会合。山北称外伊豆，属田方郡，山南称内伊豆，属贺茂郡。南北两面不仅植物种类和花期各异，而且山南的天空和海色，都洋溢着南国的气息。天城火山脉东西约四十四公里，南北约二十四公里，占据着半岛的三分之一。海面的黑潮从三面包围着半岛。这山，这海，便是给伊豆增添光彩的两大要素。倘若把茶花当做海岸边的花，那么，石楠花就是天城山上的花。山谷幽邃，原生林木森严茂密，使你很难想象这原是个小小的半岛。天城山是闻名的狩鹿的场所，只有翻过这座山峦，才能尝到伊豆旅情的滋味。

开往热海的火车时髦得很，称为"罗曼车"。情死是热海的名产。热海是伊豆的都会，它是在关东温泉之乡中富有现代特征的城市。倘若把修善寺称为历史上的温泉，那么，热海便是地理上的温泉。修善寺附近，清静，幽寂；热海附近，热烈，俏丽。伊豆到伊东一带的海岸线，令人想起南欧来，这里显示着伊豆明朗的容颜。同是南国风韵，伊豆的海岸线多像一曲素朴的牧歌啊！

伊豆有热海、伊东、修善寺和长冈四大温泉，共有二三十个喷口，仅伊东就有数百处泉流。这些都是玄岳火山、天城火山、猫越火山、达磨火山的遗迹。伊豆，是男性火山之国的代表。此外，热海的间歇泉，下加茂峰的吹上温泉，拍击着半岛南端的石廊崎的巨涛、狩野川的洪水、海岸线的岩壁、茂盛的植物……所有这些，都带着男性的威力。

然而，各处涌流的泉水，使人联想起女乳的温暖和丰足，这种女性般的温暖与丰足，正是伊豆的生命。尽管田地极少，但这里有合作村，有无税町，有山珍海味，有饱享黑潮和日光馈赠、呈现着麦青肤色的温淑的女子。

铁路只有热海线和修善寺线，而且只通到伊豆的入口，在丹那线和伊豆环行线建成之前，这里的交通很是不便。代之而起的是四通八达的公共汽车。走在伊豆的旅途上，随时可以听到马车的笛韵和江湖艺人的歌唱。

主干道随着海滨和河畔延伸。有的由热海通向伊东，有的由下田通向东海岸，有的沿西海岸绵延开去，有的顺着狩野川畔直上天城山，再沿着海津川和逆川南下……温泉就散缀在这些公路的两旁。此外，由箱根到热海的山道，猫越的松崎道，由修善寺通向伊东的山道，所有这些山道，也都把伊豆当成了旅途中的乐园和画廊。

伊豆半岛西起骏河湾，东至相模湾，南北约五十九公里，东西最宽处约三十六公里，面积约四百零六平方公里，占静冈县的五分之一。面积虽小，但海岸线比骏河、远江两地的总和还长。火山重叠，地形复杂，致使伊豆的风物极富于变化。

现在，人们都那么说，伊豆的长津吕是全日本气候最宜人的地方，整个半岛就像一个大花园。然而在奈良时代，这里却是可怕的流放地。到源赖朝举兵时，才开始兴旺发达起来。幕府末期，曾一度有外国黑船侵入。这里的史迹不可胜数，其中有范赖、赖家遭受禁闭的修善寺，有掘越御所的遗址，有北条早云的韭山城等。

请不要忘记，自古以来，伊豆在日本造船史上，发挥着重大的作用，这正因为伊豆是大海和森林的故乡啊！

蔚蓝的王国

（俄）屠格涅夫

啊，蔚蓝的王国！蔚蓝，光明，青春和幸福的王国啊！我在梦中看见了你……

我们几个人乘着一叶装饰华丽的小舟。一张白帆像天鹅的胸脯，飘扬在随风招展的桅头旗下边。

我不知道我的同伴是些什么人，但我浑身都感觉得到，他们全都像我一样，是这样年轻，快活和幸福！

不错，我并没有看到他们。我眺望四周，一片茫无边际的蔚蓝的海，无数波浪闪耀着金鳞；头上，也是这样茫无边际，这样蔚蓝的海——在那儿，温柔的太阳是运行着，宛然在微笑。

我们中间不时发出爽朗、快乐的笑声，宛若群神的欢笑。

忽然，不知从哪个人嘴里，吐出了一些话语，一些充满灵感力量，极其美妙的诗句……仿佛天空也在对它们呼应——而且，周围的海，也若有同感地在颤鸣……随后又开始了幸福的寂静。

我们快速的小舟随着温柔的波浪，轻轻地起伏。没有风推动它，是我们欢腾跃动的心引导它前进。我们想要到什么地方，它便像一个活的东西那样，驯服地急速奔向什么地方。

我们来到群岛，一群半透明的仙岛，各种宝石、水晶和碧玉放射着光彩。从突起的岸边，飘来令人心醉的芬芳；一些岛屿上，白蔷薇和铃兰的落英，雨也似的飘洒在我们身上。从另一些岛屿上，突然飞起了许多彩虹色的长翼鸟。

鸟儿在我们头上盘旋，铃兰和蔷薇消失在流过我们小舟两侧的珍珠般的浪花里。

跟着花儿，跟着鸟儿飞来的还有美妙悦耳的声音……

这里边好像有女人的声音……于是周围的一切——天空，海洋，高扬的帆，船尾水流的潺潺声——一切都像在诉说幸福的爱情！

但是她，我们每个人都钟爱的那个人，在那儿……

再近探讨，却看不见。再过一瞬间——瞧吧，她的眼睛闪烁着光辉，她的脸庞将露出微笑……她的手将拉起你的手——并且把你引到千古不灭的乐土中去！

啊，蔚蓝的王国！我在梦中看见了你……

书 目